雅舍文選

雅舍文選

（增訂新版）

梁實秋 著

梁實秋其人其文

梁實秋先生，原籍浙江錢塘縣，民國前九年生於人文薈萃的北平。成長於動盪不安的年代，民國八年中國新世紀、新文學第一聲春雷——五四學生運動，從首善之都北平延燒全國，就讀清華學校中等科的梁實秋參與了這次活動，文學種子開始深植。二十歲這年與同學組織「小說研究社」，開始新詩創作並兼及詩作評論、翻譯。民國十二年赴美留學，在哈佛大學研究所研究莎士比亞、培根、米爾頓詩作及文學批評，因與未婚妻即後來的夫人程季淑女士約定三年必返，遂放棄尚餘兩年的公費返國，在南北各大學執教，開始了一生教學與創作及文藝活動並進的事業。

人有一長而被稱之為「家」已是不容易，梁實秋卻是一人而兼四家，散文家、教育家、翻譯家以及文評家。

文藝青年時代的梁實秋，熱中浪漫主義，赴美留學後，深受新人文主義影響，浪漫的熱血轉為古典的節制，以清明看待人性的常態。這樣的風格在他的小品文中充分展現。民國二十八年因抗戰避居四川北碚，居處取名雅舍，民國二十九年開始寫專欄，取名《雅舍小品》。梁實秋精研西洋文學，筆下自然流露西方隨筆式的從容與優雅，生活點滴均可入文，下筆處卻是最道地的中文，絕無生硬歐化的痕跡，力求文雅簡潔。這得歸功於他勤學、勤寫、勤譯。

梁實秋嘗與友人說：「寫雅舍小品時唯恐不傷人，寫雅舍散文時卻唯恐傷了人。」《雅舍文選》匯集《雅舍散文》一、二集的精華篇，平凡的題目如〈廣告〉、〈麻將〉、〈火車〉、〈日記〉等，向高難度挑戰，寫出平凡中的真誠，既不是淡如白開水，而是有餘思有哲理，更不是囉嗦像記流水帳。讀該系列文章最大的樂趣即在於：親切易讀的文字，既博又雅，一派雍容，篇幅不長，閱讀者可在最短的瞬間像佛家頓悟的說法，體會人生處處是學問。

梁實秋很少正面講述食物的味道，卻讓人感受得到那滋味的美好，他不直接懷鄉，字裡行間卻流露出濃濃的鄉愁與故國人情。《雅舍談吃》是他唯一的美食散文集，《雅舍文選》選錄以食材〈火腿〉、〈豆腐〉等為題的篇章，用字淺顯而雋永。此外，精選《雅舍談書》各篇，展現他的文藝思想及文學態度，從莎士比亞到《醒世姻緣傳》，看古今中外名家如何各擅勝場，與讀者分享了閱讀的品味、批評的睿智及人文的光斑。

梁實秋先生一生未停筆，從舊時代走來，熱愛新時代，在新舊融合中，閃現智慧的語花，任何年齡層的讀者讀來都不會格格不入，與永恆拔河，就像一句廣告詞：「最後一筆都是完美。」

——編　者

〔導讀〕

文章與前額並高

余光中

自從十三年前遷居香港以來，和梁實秋先生就很少見面了。屈指可數的幾次，都是在頒獎的場合，最近的一次，卻是從梁先生溫厚的掌中接受時報文學的推薦獎。這一幕頗有象徵的意義，因為我這一生的努力，無論是在文壇或學府，要是當初沒有這隻手的提掖，只怕難有今天。

所謂「當初」，已經是三十六年以前了。那時我剛從廈門大學轉學來台，在台大讀外文系三年級，同班同學蔡紹班把我的一疊詩稿拿去給梁先生評閱。不久他竟轉來梁先生的一封信，對我的習作鼓勵有加，卻指出師承囿於浪漫主義，不妨拓寬視野，多讀一點現代詩，例如哈代、浩斯曼、葉慈等人的作品。梁先生的摯友徐志摩雖然是浪漫詩人，他自己的文學思想卻深受哈佛老師白壁德之教，主張古典的清明理性。他在信中所說的「現代」自然還未及現代主義，卻也指點了我用功的方向，否則我在雪萊的西風裡還會飄泊得更久。

直到今日我還記得，梁先生的這封信是用鋼筆寫在八行紙上，字大而圓，遇到英文人名，則橫而書之，滿滿地寫足兩張。文藝青年捧在手裡，驚喜自不待言。過了幾天，在紹班的安排之下，我隨他去德惠街一號梁先生的寓所登門拜訪。德惠街在城北，與中山北路三段橫交，至則巷靜人稀，梁寓雅潔清幽，正是當時常見的日式獨棟平房。梁師母引我們在小客廳坐定後，心儀已久的梁實秋很快就出現了。

那時梁先生正是知命之年，前半生的大風大雨，在大陸上已見過了，避秦也好，乘桴浮海也好，早已進入也無風雨也無晴的境界。他的談吐，風趣中不失仁藹，諧謔中自有分寸，十足中國文人的儒雅加上西方作家的機智，近於他散文的風格。他就坐在那裡，悠閒而從容地和我們談笑。我一面應對，一面仔細地打量主人。眼前這位文章鉅公，用英文來說，體型「在胖的那一邊」，予人厚重之感。由於髮岸線（hairline）有早退之象，他的前額顯得十分寬坦，整個面相不愧天庭飽滿，地閣方圓，加以長牙隆準，看來很是雍容。這一切，加上他白皙無斑的膚色，給我的印象頗為特殊。後來我在反省之餘，才斷定那是祥瑞之相，令人想起一頭白象。

當時我才二十三歲，十足一個躁進的文藝青年，並不很懂觀象，卻頗熱中獵獅（lion-hunting）。這位文苑之獅，學府之師，被我糾纏不過，答應為我的第一本詩集寫序。序言寫好，原來是一首三段的格律詩，屬於新月風格。不知天高地厚的躁進青年，竟然把詩拿回去，對梁先生抱怨說：「您的詩，似乎沒有特別針對我的集子而寫。」

假設當日的寫序人是今日的我，大概獅子一聲怒吼，便把狂妄的青年逐出師門去了。但是梁先生眉頭一抬，只淡淡地一笑，徐徐說道：「那就別用得了……書出之後，再跟你寫評吧。」

量大而重諾的梁先生，在《舟子的悲歌》出版後不久，果然為我寫了一篇書評，文長一千多字，刊於民國四十一年四月十六日的《自由中國》。那本詩集分為兩輯，上輯的主題不一，下輯則盡為情詩：書評認為上輯優於下輯，跟評者反浪漫的主張也許有關。梁先生尤其欣賞〈老牛〉與〈暴風雨〉等幾首，他甚至這麼說：「最出色的要算是〈暴風雨〉一首，用文字把暴風雨的那種排山倒海的氣勢都描寫出來了，真可說是筆挾風雷。」在書評的結論裡有這樣的句子：

> 作者是一位年輕人，他的藝術並不年輕，短短的「後記」透露出一點點寫作的經過。他有舊詩的根柢，然後得到英詩的啓發。這是很值得我們思考的一條發展路線。我們寫新詩，用的是中國文字，舊詩的技巧是一分必不可少的文學遺產，同時新詩是一個突然生出的東西，無依無靠，沒有軌跡可循，外國詩正是一個最好的借鏡。

在那麼古早的歲月，我的青澀詩藝，根柢之淺，啓發之微，可想而知。梁先生溢美之詞固然是出於鼓勵，但他所提示的上承傳統旁汲西洋，卻是我日後遵循的綜合路線。

朝拜繆思的長征，起步不久，就能得到前輩如此的獎掖，使我的信心大為堅定。同時，在梁府的座上，不期而遇，也結識了不少像陳之藩、何欣這樣同輩的朋友，聲應氣求，更鼓動了創作的豪情壯志。詩人夏菁也就這麼邂逅於梁府，而成了莫逆。不久我們就慣於一同去訪梁公，有時也約王敬羲同行。不知為何，記憶裡好像夏天的晚上去得最頻。梁先生怕熱，想是體胖的關係；有時他索性只穿短袖的汗衫接見我們，一面笑談，一面還是不時揮扇。我總覺得，梁先生雖然出身外文，氣質卻在儒道之間，進可為儒，退可為道。可以想見，好不容易把我們這些恭謹的晚輩打發走了之後，東窗也好，東床也罷，他是如何地坦腹自放。我說坦腹，因為他那時有點發福，腰圍可觀，縱然不到福爾斯塔夫的規模，也總有約翰孫或紀曉嵐的分量，足證果然腹笥深廣。據說，因此梁先生買腰帶總嫌尺碼不足，有一次，他索性走進中華路一家皮箱店，買下一只大號皮箱，抽出皮帶，留下箱子，揚長而去。這倒有點世說新語的味道了，是否謠言，卻未向梁先生當面求證。

梁先生好客兼好吃，去梁府串門子，總有點心招待，想必是師母的手藝吧。他不但好吃，而且懂吃，兩者孰因孰果，不得而知。只知他下筆論起珍羞名菜來，頭頭是道。就連既不好吃也不懂吃的我，也不禁食指欲動，饞腸若蠕。在糖尿病發之前，梁先生的口福委實也飫足了。有時乘興，他也會請我們淺酌一杯。我若推說不解飲酒，他就會作態佯怒，說什麼「不菸不酒，所為何來？」引得我和夏菁發笑。有一次，他斟了白蘭地饗客，夏菁勉強相陪。我那時真是不行，梁先生說「有了」，便向櫥頂取來一瓶法國紅葡萄酒，強調那是一八四二年產，朋友所贈。我總算喝了半盅，飄飄然回到家裡，寫下〈飲一八四二年葡萄酒〉一首。梁先生讀而樂之，拿去刊在《自由中國》上，一時引人矚目。其實這首詩學濟慈而不類，空餘浪漫的遐想；換了我中年來寫，自然會聯想到鴉片戰爭。

梁先生在台北搬過好幾次家。我印象最深的兩處梁宅，一在雲和街，一在安東街。我初入師大（那時還是省立師範學院）教大一英文，一年將滿，又偕夏菁去雲和街看梁先生。談笑及半，他忽然問我：「送你去美國讀一趟書，你去嗎？」那年我已三十，一半書呆，一半詩迷，幾乎尚未閱世，更不論乘飛機出國。對此一問，我真是驚多喜少。回家和我存討論，她是驚少而喜多，馬上說：「當然去！」這一來，裡應外合勢成。加上社會壓力日增，父親在晚餐桌上總是有意無意地報導：「某伯伯家的老三也出國了！」我知道偏安之日已經不久。果然三個月後，我便文化充軍，去了秋色滿地的愛奧華城。

從美國回來，我便專任師大講師。這時他已從雲和街故居遷至安東街，住進自己蓋的新屋。稍後夏菁的新居在安東街落成，他便做了令我羨慕的梁府近鄰，也從此，我去安東街，便成了福有雙至，一舉兩得。安東街的梁宅，屋舍儼整，客廳尤其寬敞舒適，屋前有一片頗大的院子，花木修護得可稱多姿，常見兩老在花畦樹徑之間流連。比起德惠街與雲和街的舊屋，這新居自然優越了許多，更不提廣州的平山堂和北碚的雅舍了。可以感受得到，這新居的主人住在「家外之家」，懷鄉之餘，該是何等的快慰。

六十五歲那年，梁先生在師大提前退休，歡送的場面十分盛大。翌年，他的「終身大事」，《莎士比亞戲劇全集》之中譯完成，朝野大設酒會慶祝盛舉，並有一女中的學生列隊頌歌：想莎翁生前也沒有這般殊榮。師大英語系的晚輩同事也設席祝賀，並贈他一座銀盾，上面刻著我擬的兩句讚詞：「文豪述詩豪，梁翁傳莎翁。」莎翁退休之年是四十七歲，逝世之年也才五十二歲，其實還不能算翁。同時莎翁生前只出版了十八個劇本，梁翁卻能把三十七本莎劇全部中譯成書。對比之下，梁翁是有福多了。聽了我這意見，梁翁不禁莞爾。

這已經是二十年前的事了。後來夏菁擔任聯合國農業專家，遠去了牙買加。梁先生一度旅寄西雅圖。我自己先則旅美二年，繼而去了香港，十一年後才回台灣。高雄與台北之間雖然只是四小時的車程，畢竟不比廈門街到安東街那麼方便了。青年時代夜訪梁府的一幕一幕，皆已成為溫馨的回憶，只能在深心重溫，不能在眼前重演。其實不僅梁先生，就連晚他一輩的許多台北故人，也都已相見日稀。四小時的車程就可以回到台北，卻無法回到我的台北時代。台北，已變成我的回聲谷。那許多巷弄，每轉一個彎，都會看見自己的背影。不能，我不能住在背影巷與回聲谷裡。每次回去台北，都有一番近鄉情怯，怕捲入回聲谷裡那千重魔幻的漩渦。

在香港結交的舊友之中，有一人焉，竟能逆流而入那回聲的漩渦，就是梁錫華。他是徐志摩專家，研究兼及聞一多，又是抒情與雜感兼擅的散文家，就憑這幾點，已經可以躋列梁門，何況他對梁先生更已敬仰有素。一九八〇年七月，法國人在巴黎舉辦抗戰文學研討會，大陸的代表舊案重提，再誣梁實秋反對抗戰文學。梁錫華即席澄清史實，一士諤諤，力辯其誣。夏志清一語雙關，對錫華翹起大拇指，讚他「小梁挑大樑」！我如在場，這件事義不容辭，應該由我來做。錫華見義勇為，更難得事先覆按過資料，不但贏得梁先生的感激，也使我這受業弟子深深感動。

一九七八年以後，大陸的文藝一度曾有開放之象。到我前年由港返台為止，甚至新月派的主角如胡適、徐志摩等的作品都有新編選集問世，唯獨梁實秋迄今尚未「平反」。如今大陸上又在壓制所謂「資產階級自由化」，此事恐怕更渺茫了。梁先生和魯迅論戰於先，又遭毛澤東親批於後，案情重大，實在難以為他「平反」。梁實秋就是梁實秋，這三個字在文學思想上代表一種堅定的立場和價值，已有近六十年的歷史。

梁實秋的文學思想強調古典的紀律，反對浪漫的放縱。他認為革命文學也好，普羅文學也好，都只是把文學當做工具，眼中並無文學；但是在另一方面，他也不贊成為藝術而藝術，因為那樣勢必把藝術抽離人生。簡而言之，他認為文學既非宣傳，亦非遊戲。他始終標舉安諾德所說的，作家應該「沉靜地觀察人生，並觀察其全貌。」因此他認為文學描寫的充分對象是人生，而不僅是階級性。

黎明版《梁實秋自選集》的小傳，說作者「生平無所好，唯好交友、好讀書、好議論。」這三好之中的末項，在大陸時代表現得最為出色，所以才會招惹魯迅而陷入重圍。季季在訪問梁先生的記錄「古典頭腦，浪漫心腸」之中，把他的文學活動分成翻譯、散文、編字典、編教科書四種。這當然是梁先生的台灣時代給人的印象。其實梁先生在大陸時代的筆耕，以量而言，最多產的是批評和翻譯，至於《雅舍小品》，已經是三十九歲所作，而在台灣出版的了。《梁實秋自選集》分為文學理論與散文二輯，前輯占一九八頁，後輯占一六二頁，分量約為五比四，也可見梁先生對自己批評文章的強調。他在答季季問時說：「我好議論，但是自從抗戰軍興，無意再作任何識評。」足證批評是梁先生早歲的經營，難怪台灣的讀者印象已淡。一提起梁實秋的貢獻，無人不知莎翁全集的浩大譯績，這方面的聲名幾乎掩蓋了他別的譯書。其實翻譯家梁實秋的成就，除了莎翁全集，尚有《織工馬南傳》、《咆哮山莊》、《百獸圖》、《西塞羅文錄》等十三種。就算他一本莎劇也未譯過，翻譯家之名他仍當之無愧。

讀者最多的當然是他的散文。《雅舍小品》初版於民國三十八年，到六十四年為止，二十六年間已經銷了三十二版；到現在想必近五十版了。我認為梁氏散文所以動人，大致是因為具備下列這幾種特色：

首先是機智閃爍，諧趣迭生，時或滑稽突梯，卻能適可而止，不墮俗趣。他的筆鋒有如貓爪戲人而不傷人，即使譏諷，針對的也是眾生的共相，而非私人，所以自有一種溫柔的美感距離。其次是篇幅濃縮，不事鋪張，而轉折靈動，情思之起伏往往點到為止。此種筆法有點像畫上的留白，讓讀者自己去補足空間。梁先生深信「簡短乃機智之靈魂」，並且主張「文章要深，要遠，就是不要長。」再次是文中常有引證，而中外逢源，古今無阻。這引經據典並不容易，不但要避免出處太過俗濫，顯得腹笥寒酸，而且引文要來得自然，安得妥貼，與本文相得益彰，正是學者散文的所長。

最後的特色在文字。梁先生最恨西化的生硬和冗贅，他出身外文，卻寫得一手道地的中文。一般作家下筆，往往在白話、文言、西化之間徘徊歧路而莫知取捨，或因簡而就陋，一白到底，一西不回；或弄巧而成拙，至於不文不白，不中不西。梁氏筆法一開始就逐走了西化，留下了文言。他認為文言並未死去，反之，要寫好白話文，一定得讀通文言文。他的散文裡使用文言的成分頗高，但不是任其並列，而是加以調和。也自稱文白夾雜，其實應該是文白融會。梁先生的散文在中歲的《雅舍小品》裡已經形成了簡潔而圓融的風格，這風格在台灣時代仍大致不變。證之近作，他的水準始終在那裡，像他的前額一樣高超。

——原載九歌出版《秋之頌》（余光中編．七十八年元月）

目錄

輯二 雅舍談吃

輯二 雅舍談書

輯一

雅舍散文

廣告

從前舊式商家講究貨眞價實，一旦做出了名，口碑載道，自然生意鼎盛，無須大吹大擂，廣事招徠。北平同仁堂樂家老鋪，小小的幾間門面，比街道的地面還低矮兩尺，小小的一塊匾，沒有高擎的「丸散膏丹道地藥材」的大招牌，可是每天一開門就是顧客盈門，裡三層外三層，眞是擠得水洩不通（那時候還沒有所謂排隊之說）。沒人能冒用同仁堂的名義，同仁堂只此一家，別無分店，要抓藥就要到大柵欄去擠。

這種情形不獨同仁堂一家爲然。買服裝衣料就到瑞蚨祥，買茶葉就到東鴻記西鴻記，準沒有錯。買醬羊肉到月盛齋，去晚了買不著。買醬菜到六必居，也許是嚴嵩的那塊匾引人。吃螃蟹、涮羊肉就到正陽樓，吃烤牛肉就要照顧安兒胡同老五，喝酸梅湯要去信遠齋。他們都不在報紙上登廣告，不派人撒傳單。大家心裡都有數。做買賣的規規矩矩做買賣，他們不想發大財，照顧主兒也老老實實的做照顧主兒，他們不想試新奇。

但是時代變了，誰也沒有辦法教它不變。先是在前門大街信昌洋行樓上豎起「仁丹」大廣告牌，好像那翹鬍子的人頭還不夠惹人厭，再加上誇大其詞的「起死回生」的標語，猶嫌招搖不夠盡興，再補上一個由一群叫花子組成的樂隊，吹吹打打，穿行市街。仁丹是還不錯，可是日本人那一套宣傳伎倆，我覺得太討厭了。

由西直門通往萬壽山那一條大道，中間黃土鋪路，經常有清道夫一杓一杓的潑水，兩邊是大石板路，供大排子車使用，邊上種植高大的柳樹，古道垂楊，夾道飄拂，頗爲壯觀可喜。不知從哪一天起，路邊轉彎處立起了一兩丈高的大木牌，強盜牌的香菸，大聯珠牌的香菸，如雨後春筍出現了。我每星期周末在這大道上來往一回，只覺得那廣告收了破壞景觀之效，附帶著還惹人厭。我不吸菸，到了吸菸的年齡我也自知選擇，誰也不會被一個廣告牌子所左右。

坐火車到上海，沿途看見「百齡機」的廣告牌子，除了三個大字之外還有一行小字「有意想不到之效力」。到底那百齡機是什麼東西，有什麼意想不到的效力，誰也說不清，就這樣糊裡糊塗的發生了廣告效果，不少人盲從附和。小說月報東方雜誌也出現了「紅色補丸」的廣告，畫的是一個佝僂著腰的老人，手附著胯，旁邊注著「圖中寓意」四個字。寓什麼意？補丸而可以用顏色爲名，我只知道明末三大案，皇帝吃了紅丸而暴崩。

這些都還是廣告術的初期亮相。爾後廣告方式，日新月異，無孔不入，大有氾濫成災之勢。廣告成了工商業的出品成本之重要項目。

報紙刊登廣告，是天經地義，人民大眾利用刊登廣告的辦法，可以警告逃妻，可以鳳求凰或凰求鳳，可以叫賣價格低廉而美輪美奐的瓊樓玉宇，可以報失，可以道歉，可以鳴謝救火，可以感謝良醫，可以宣揚仙藥，可以賀人結婚，可以賀人家的兒子得博士學位，可以一大排一大排訃告同一某某董事長的死訊，可以公開訴願喊冤，可以公開歌功頌德，可以宣告為某某舉辦冥壽，可以公告拒絕往來戶，可以揭露各種考試的金榜，可以……不勝枚舉。我的感想是：廣告太多了，時常把新聞擠得局處一隅。有些廣告其實是浪費，除了給報館增加收益之外，不免令讀者報以冷眼，甚或嗤之以鼻。同時廣告所占篇幅有時也太大了，其實整版整頁的大廣告嚇不倒人。外國的報紙，不限張數，廣告更多，平常每日出好幾十張，星期日甚至好幾百頁，報僮暗暗叫苦，收垃圾的人也吃不消。我國的報紙好像情形好些，廣告再多也是在那三大張之內，然而已經令人感到氾濫成災了。

雜誌非廣告不能維持，其中廣告客戶不少是人情應酬，並非心甘情願送上門來。可是也有聲望素著的大刊物，一向以不登載廣告為傲，也禁不住經濟考慮而大開廣告之門。我們不反對刊物登載廣告，只是登載廣告的方式值得研究。有些雜誌的廣告部分特別選用重磅的厚紙，彩色精印，有喧賓奪主之勢，更有魚目混珠之嫌。有人對我說，這樣的刊物到他手裡，對不起，他時常先把廣告部分儘可能的撕除淨盡，然後再捧而讀之。我說他做得過分，辜負了廣告客戶的好意，他說為了自衛，情非得已。他又說，利用郵遞投送廣告函的，他也是一律原封投入字紙簍裡，他沒有功夫看。

我不懂爲什麼大街小巷有那麼多的搬家小廣告到處亂貼，牆上、樓梯邊、電梯內，滿坑滿谷。沒有地址，只具電話號碼。黏貼得還十分結實，洗刷也不容易。更有高手大概會飛簷走壁，能在大廈二三丈高處的壁上張貼。聽說取締過一陣，但是野火燒不盡春風吹又生了。

有吉房招租的人，其心情之急是可以理解的。在報紙上登個分類小廣告也就可以了，何必寫紅紙條子到處亂貼。我最近看到這樣的大張紅紙條子貼在路旁郵箱上了。顯然有人去撕，但是撕不掉，經過多日雨淋才脫落一部分，現在還剩有斑駁的紙痕留在郵箱上！

電視上的廣告更不必說，天下沒有白吃的午餐，沒有廣告哪裡能有節目可看？可是那些廣告逼人而來，眞殺風景。我不想買大廈房子，我也沒有香港腳，我更不打算進補，可是那些廣告偏來呶呶不休，有時還重複一遍。有人看電視，一見廣告上映，登時閉上眼睛養神，我沒有這樣的本領，我一閉眼就眞個睡著了。我應變的辦法是只看沒有廣告的一段短短的節目，廣告一來我就關掉它。這樣做，我想對自己沒有多大損失。

早起打開報紙，觸目煩心的是廣告，廣告；出去散步映入眼簾的又是廣告，廣告；午後綠衣人來投送的也多是廣告，廣告；晚上打開電視仍然少不了廣告，廣告。每日生活被廣告折磨得夠苦，要想六根清淨，看來頗不容易。

麻將

我的家庭守舊，絕對禁賭，根本沒有麻將牌。從小不知麻將爲何物。除夕到上元開賭禁，以擲骰子狀元紅爲限，下注三十幾個銅板，每次不超過一二小時。有一次我斗膽問起，麻將怎個打法。家君正色曰：「打麻將嗎？到八大胡同去！」嚇得我再也不敢提起麻將二字。心裡留下一個並不正確的印象，以爲麻將與八大胡同有什麼密切關聯。

後來出國留學，在輪船的娛樂室內看見有幾個同學作方城戲，才大開眼界，覺得那一百三十六張骨牌倒是很好玩的。有人熱心指點，我也沒學會。這時候麻將在美國盛行，很多美國人家裡都備有一副，雖然附有說明書，一般人還是不易得其門而入。我們有一位同學在紐約居然以教人打牌爲副業，電話召之即去，收入頗豐，每小時一元。但是爲大家所不齒，認爲他不務正業，貽士林羞。

科羅拉多大學有兩位教授，姊妹倆，老處女，請我和聞一多到她們家裡晚餐，飯後擺出了麻將，作爲餘興。在這一方面我和一多都是屬於「四竅已通其三」的人物——一竅不通，當時大窘。兩位教授不能了解，中國人竟不會打麻將？當晚四個人臨時參看說明書，隨看隨打，誰也沒有規規矩矩的和下一把牌，窩窩囊囊的把一晚消磨掉了。以後再也沒有成局。

麻將不過是一種遊戲，玩玩有何不可？何況賢者不免。梁任公先生即是此中老手。我在清華念書的時候，就聽說任公先生有一句名言：「只有讀書可以忘記打牌，只有打牌可以忘記讀書。」讀書興趣濃厚，可以廢寢忘食，還有功夫打牌？打牌興亦不淺，上了牌桌全神貫注，焉能想到讀書？二者的誘惑、吸引力，有多麼大，可以想見。書讀多了，沒有什麼害處，頂多變成不更事的書呆子，文弱書生。經常不斷的十圈二十圈麻將打下去，那毛病可就大了。有任公先生的學問風操，可以打牌，我們沒有他那樣的學問風操，不得藉口。

胡適之先生也偶然喜歡摸幾圈。有一年在上海，飯後和潘光旦、羅隆基、饒子離和我，走到一品香開房間打牌。硬木桌上打牌，滑溜溜的，震天價響，有人認爲痛快。我照例作壁上觀。言明只打八圈。打到最後一圈已近尾聲，局勢十分緊張。胡先生坐莊。潘光旦坐對面，三副落地，吊單，顯然是一副滿貫的大牌。「扣他的牌，打荒算了。」胡先生摸到一張白板，地上已有兩張白板。「難道他會吊孤張？」胡先生口中念念有詞，猶豫不決。左右皆曰：「生張不可打，否則和下來要包！」胡先生自己的牌也是一把滿貫的大牌，且早已聽張，如果扣下這張白板，勢必拆牌應付，於心不甘。猶豫了好一陣子，「冒一下險，試試看。」拍的一聲把白板打了出去！「自古成功在嘗試」，這一回卻是「嘗試成功自古無」了。潘光旦嘿嘿一笑，翻出底牌，吊的正是白板。胡先生包了。身上現錢不夠，開了一張支票，三十幾元。那時候這不算是小數目。胡先生技藝不精，沒得怨。

抗戰期間，後方的人，忙的是忙得不可開交，閒的是悶得發慌。不知是誰謅了四句俚詞：「一個中國人，悶得發慌。兩個中國人，就好商量。三個中國人，作不成事。四個中國人，麻將一場。」四個人湊在一起，天造地設，不打麻將怎麼辦？雅舍也備有麻將，只是備不時之需。有一回有客自重慶來，第二天就回去，要求在雅舍止宿一夜。我們沒有招待客人借宿的設備，頗有難色，客人建議打個通宵麻將。在三缺一的情形下，第四者若是堅不下場，大家都認爲是傷天害理的事。於是我也不得不湊一角。這一夜打下來，天旋地轉，我只剩得奄奄一息，誓言以後在任何情形之下，再也不肯做這種成仁取義的事。

麻將之中自有樂趣。貴在臨機應變，出手迅速。同時要手揮五絃目送飛鴻，有如談笑用兵。徐志摩就是一把好手，牌去如飛，不加思索。麻將就怕「長考」。一家長考，三家暴躁。以我所知，麻將一道要推太太小姐們最爲擅長。在牌桌上我看見過眞正春笋般的玉指洗牌砌牌，靈巧無比。（美國佬的粗笨大手砌牌需要一根大尺往前一推，否則牌就擺不直！）我也曾聽說某一位太太有接連三天三夜不離開牌桌的紀錄，（雖然她最後崩潰以至於吃什麼吐什麼！）男人們要上班，就無法和女性比。我認識的女性之中有一位特別長於麻將，經常午間起床，午後二時一切準備就緒，呼朋引類，麻將開場，一直打到夜深。雍容俯仰，滿室生春。不僅是技壓儕輩，贏多輸少。我的朋友盧冀野是個倜儻不羈的名士，他和這位太太打過多次麻將，他說：「政府於各部會之外應再添設一個『俱樂部』，其中設麻將司，司長一職非這位太太莫屬矣。」甘拜下風的不只是他一個人。

路過廣州，耳畔常聞劈哩拍啦的牌聲，而且我在路邊看見一輛停著的大卡車，上面也居然擺著一張八仙桌，四個人露天酣戰，行人視若無睹。餐館裡打麻將，早已通行，更無論矣。在台灣，據說麻將之風仍然很盛。有中國人的地方就有麻將，有些地方的寓公寓婆亦不能免。麻將的誘惑力太大。王爾德說過：「除了誘惑之外，我什麼都能抵抗。」

我不打麻將，並不妄以為自己志行高潔。我腦筋遲鈍，跟不上別人反應的速度，影響到麻將的節奏。一趕快就出差池。我缺乏機智，自己的一副牌都常照顧不來，遑論揣度別人的底細，既不知己又不知彼，如何可以應付大局？打牌本是尋樂，往往是尋煩惱，又受氣又受窘，乾脆不如不打。費時誤事的大道理就不必說了。有人說衛生麻將又有何妨？想想看，鴉片菸有沒有衛生鴉片，海洛因有沒有衛生海洛因？大凡衛生麻將，結果常是有礙衛生。起初輸贏小，漸漸提升。起初是朋友，漸漸成賭友，一旦成為賭友，沒有交情可言。我曾看見兩位朋友，都是斯文中人，為了甲扣了乙一張牌，寧可自己不和而不讓乙和，事後還揚揚得意，以牌示乙，乙大怒。甲說在牌桌上損人不利己的事是可以做的，話不投機，大打出手，人仰桌翻。我又記得另外一桌，莊家連和七把，依然手順，把另外三家氣得目瞪口呆面色如土。結果是勉強終局，不歡而散。贏家固然高興，可是輸家的臉看了未必好受。有了這些經驗，看了牌局我就怕，坐壁上觀也沒興趣。何況本來是個窮措大，「黑板上進來白板上出去」也未免太慘。

對於沉湎於此道中的朋友們，無論男女，我並不一概詛咒。其中至少有一部分可能是在生活上有什麼隱痛，藉此忘憂，如同吸食鴉片一樣久而上癮，不易戒掉。其實要戒也很容易，把牌和籌碼以及牌桌一起蠲除，洗手不幹便是。

火車

我在上海中國公學教書的時候，每星期要去吳淞兩三次，在天通庵搭小火車到砲台灣，大約十五分鐘。火車雖然破舊，卻是中國最早建設的鐵路。清同治年間由英商怡和洋行鳩工開建，後由清廷購回，光緒二十三年全線完成。當初興建伊始，當地愚民反對，釀成毀路風潮。那一段歷史恐怕大家早已忘了。

我同時在暨南大學授課，每星期要去眞如三次，由上海北站搭四等慢車（即鐵棚貨車）到眞如，約十分鐘，票價一角。有一次在車站擠著買票，那時候尙無排隊習慣，全憑體力擠進擠出。票是買到了，但是衣袋裡的皮夾被小偷摸去。一位好心的朋友告訴我，不可聲張，可以替我找回來，如果裡面有緊要的東西。我說裡面只有數十元和一張無價的照片。他說那就算了。因爲找回來也要酬謝弟兄們一筆錢。這是我生平第一次聽說東西被偷還可以找回來，其中奧妙無窮。

火車是分等級的。四等火車恐怕很多人沒有搭過。我說搭，不說坐，因爲根本沒有座位，而且也沒有窗戶。搭四等車的人不一定就是四等人，等於搭頭等車的不一定就是頭等人。而且搭四等車的人不一定一輩子永遠搭四等車。等於搭頭等車的也不一定一輩子永遠搭頭等車。好像人有階級之分，其實隨時也有升降，變化是很多的。教書的人能享受四等火車的交通之便，實已很是幸運了，雖然車裡是黑洞洞的，而且還有令人作嘔的便溺氣味。

當年最豪華的火車是津浦路的藍鋼車。車廂包上一層藍色鋼鐵皮，與眾不同，顯著高貴。頭等臥車裝飾尤其美觀，老舍一篇題名〈火車〉的小說，描寫頭等乘客在厚厚軟軟的地毯上吐痰，確是寫實，並非虛撰。這樣做是表示他的特殊身分。最令我驚訝的是頭等車廂裡的侍者禮貌特別周到，由津至浦要走一天一夜。夜間要查票，而頭等客可以不受驚擾，安睡一夜，因爲侍者在晚間早就把車票收去，查票的人走過頭等車廂也特別把聲音壓低，在侍者手中查看車票，悄悄的就走過去了，眞是體貼。查票的人走到二等車裡，態度就稍有變化，嗓門提高；到了三等車裡，就不免大聲吼叫推醒那些打瞌睡的客人。

不要以爲藍鋼車總是舒適如意，也曾出過紕漏。民國十二年盜匪孫美瑤嘯聚一群嘍囉在津浦路線上臨城附近的抱犢谷。這抱犢谷是一座山，形勢天成，入口極狹，據傳說谷內耕牛是當初抱犢以入。孫美瑤過著打家劫舍的生活，意猶未足，看著火車嗚嗚的從山下蜿蜒而過，忽發奇想。他截斷路軌，把一列火車車上數百名中外旅客一古腦兒擄上了山做爲人質。害得軍閥大吏手足無措。事涉被擄中外人士之安全，投鼠忌器，不敢動武。結果是幾經折衝，和平解決，人質釋放，盜匪收編爲正式軍隊，孫美瑤獲得旅長官銜。這就是轟動中外的臨城劫車案。還有一個尾聲，聽說後來孫美瑤旅長不知怎麼的還是被殺掉了。就我所記憶，如此規模的劫火車只發生過這麼一遭。外國也有劫車案，有我們的這樣多采多姿麼？

現在美國，火車已經是落伍的交通工具，在沒有飛機和全國快速公路網的時代，坐火車從西海岸到東海岸是一大享受。沿途的風景，目不暇給。旅客不擁擠，座位很舒適，不分等級，只是臥鋪另加費用。十幾年前我旅遊華府到紐約，就有人勸我要坐火車，因爲以後可能將沒有火車可坐了。果然，車站一片荒涼，車上乘客寥寥無幾，往日的繁華哪裡去了？

有人嫌火車走得慢，又有人嫌火車冒煙髒。人類浪費時間精力做好多好多不該做的事，何必斤斤計較旅途所耗的時間？縱然火車走得像槍彈一般快，車上的人忙的是什麼？火車冒煙是髒，可是冒煙的並不只是火車，何況現在的火車多不冒煙了。如果老遠的看火車冒黑煙或吐白氣，那景象卻不一定討厭。記得抗戰時我住在四川北碚，天氣晴朗，搬藤椅在門前閒坐，遙望對面層巒疊嶂之中忽然閃出一縷白煙，呼嘯而過，隱隱然聽到汽笛之聲。「此非惡聲也」，那是天府煤礦的運煤的小火車。那是「天府之國」當時唯一的一段鐵路。我看了很開心，和看近處梯田中「一行白鷺上青天」同樣的開心。說起四川省的鐵路之興建，其事甚早，光緒末年就有川漢鐵路之議，宣統年間還引起鐵路風潮，成爲革命導火線之一。民國二十五年又有川黔鐵路的計畫。一再拖延以迄於今。可是抗戰時經過重慶到成都公路的人，應該記得那條公路的路基特別高，路面相當闊，因為那條公路正是當年成渝鐵路的未完成的遺址。

有一年由某大員陪同坐火車到鄭州。途經某處，但見上有高山，下有清澗，竹籬茅舍，儼若桃源，我憑窗眺望，不禁說了一句讚歎的話，「這地方風景如畫，可惜火車走得太快，一下子就要過去了。」某大員立刻招呼：「教火車停下來。」火車眞的停下來了，讓我們細細觀賞那一片景物。此事不足為訓，可是給了我一個難忘而複雜的感觸。「大丈夫不可一日無權」，但是享特權算得是大丈夫麼？

頭等乘客在未上車之前即已享受頭等待遇，車站裡有頭等候車室。裡面有座位，有茶水，有人代理票務。在台灣好像某些車站有所謂貴賓室，任何神氣活現的人都可以走進去以貴賓姿態出現。上車的時候不需經由柵門剪票，他可以從一個側門昂然而入，還有人笑容滿面的照料他登車。其實，熙來攘往，無非名利之徒，誰是貴賓？

後記：潘霦先生來信說：「成渝鐵路勘定路線與公路有相當距離，且成渝公路沿線有不少九十度直角彎道，實不可能循此線建鐵路。」也許我所說的係傳聞有誤。

又：馬晉封先生來信說：「抱犢谷之谷字該是崮。」

文房四寶

文房四寶，謂筆墨紙硯。明《一統志》：「四寶堂在徽州府治，以郡出文房四寶爲義。」這所謂郡，是指歙縣。其實歙縣並不以筆名，世所稱「湖筆徽墨」，湖是指浙江省舊湖州府，不過徽州的文具四遠馳名，所以通常均以四寶之名歸之。宋蘇易簡撰《文房四寶譜》五卷，是最早記述文房四寶的專書。《牡丹亭》閨塾：「春香取文房四寶來模字。」《長生殿》製譜：「不免將文房四寶擺設起來。」是文房四寶一語沿用已久。

凡是讀書人，無不有文房四寶，而且各有相當考究的文房四寶，因爲這是他必需的工具。從啓蒙到出而問世，離不開筆墨紙硯。現在的讀書人，情形不同了，讀書人不一定要鎮日價關在文房裡，他可能大部分時間要走進實驗室，或是跑進體育場，或是下田去培植什麼品種，或是上山去挖掘古墳，縱然有隨時書寫的必要，「將文房四寶擺設起來」的那種排場是不可能出現的了。至少文房四寶的形態有了變化。我們現在談文房四寶，多少帶有一些思古之幽情。

筆

《史記》：蒙恬築長城，取中山兔毛造筆。所以我們一直以爲我們現在使用的這種毛筆是蒙恬創造的，蒙恬以前沒有毛筆。有人指出這個說法不對。毛筆的發明遠在秦前。甲骨文裡沒有「筆」字，不能證明那個時代沒有筆。殷墟發掘，內中有朱書的龜板（董作賓先生曾贈我一條幅，臨摹一片龜板，就是用硃墨寫的，記載著狩獵所得的獸物，龜脊以左的幾行文字直行右行，其右的幾行文字直行左行，甚爲有趣）。看那筆跡，非毛筆不辦。民國初年長沙一座戰國時代古墓中，發現了一枝竹管毛筆，兔毛圍在筆管一端的外面，用絲線纏起，然後再用漆塗牢。是戰國時已有某種形式的毛筆了。蒙恬造筆，可能是指秦筆而言。晉崔豹《古今注》已有指陳，他說：「自古有書契以來，便應有筆，世稱蒙恬造筆，何也？答曰：『蒙恬造筆，即秦筆耳。』」所謂秦筆，是以四條木片做筆桿，而不是用竹，因爲秦在西陲，其地不產竹。至於我們現代使用的毛筆究竟是始於何時，大概是無可考。韓愈的〈毛穎傳〉不足爲憑。

用獸毛製筆實在是一大發明。有了這樣的筆，才有發展我們的書法畫法的可能。太平清話：「宋時有雞毛筆、檀心筆、小兒胎髮筆、猩猩毛筆、鼠尾筆、狼毫筆。」所謂小兒胎髮筆，不知是否眞有其事。我國人口雖多，蒐集小兒胎髮卻非易事。就是猩猩的毛恐怕亦不多見。我們常用的毛是羊毫，取其軟，有時又嫌太軟，遂有七紫三羊或三紫七羊或五紫五羊的發明。紫毫是深紫色的兔毫，比較硬。白居易有一首〈紫毫筆樂府〉：「紫毫筆，尖如錐兮利如刀。江南石上有老兔，喫竹飲泉生紫毫，宣城工人採為筆，千萬毛中擇一毫。」可見紫毫一向是很貴重的。我小時候常用的筆是「小毛錐」，寫小字用，不知是用什麼毛做的，價錢便宜，用不了多久不是筆尖掉毛，就是筆頭鬆脫。最可羨慕的是父親書桌上筆架上插著的琉璃廠李鼎和「剛柔相濟」，那就是七紫三羊，只有在父親命我寫「一炷香」式的紅紙名帖的時候，才許我使用他的「剛柔相濟」。這種七紫三羊，軟中帶硬，寫的時候省力，寫出來的字圓潤。「剛柔相濟」這個名字實在起得好。我的岳家開設的程五峰齋是北平一家著名老店，科舉廢後停業，肆中留下的筆墨不少，我享用了好多年，其中最使我快意的是毛筆「磨練出精神」，原是寫大卷用的筆，我拿來寫信寫稿，寫白摺子，眞是一大享受。

常聽人說：善書者不擇筆。我的字寫不好，從來不敢怨筆不好。可是有一次看到珂羅版影印的朱晦庵的墨迹，四五寸大的行草，酣暢淋漓，近似「筆勢飛舉而字畫中空」的飛白。我忽有所悟。朱老夫子這一筆字，絕不是我們普通的毛筆所能寫出來的。史書記載：「蔡邕詣鴻都門，時方修飾，見役人以堊帚成字，因歸作飛白書。」朱老夫子寫的近似飛白的字，所用的縱然不是堊帚，也必定是一種近似刷子的大筆。英文譯毛筆為brush（刷子），很難令人滿意，其實毛筆也的確是個刷子，不過有個或長或短或軟或硬溜尖的筆鋒而已。畫水彩畫用的筆，也曾有人用以寫字，而且寫出來頗有奇趣。油漆匠用的排筆，也未嘗不可借來大塗大抹一幅畫的背景。毛筆是書畫用的工具，不同的書畫自然需要不同的筆。古代書家率多自己造筆，非如此不能滿足他的需要。據說王右軍用的是兔毫筆，都是經過他自己精選的趙國平原八九月間的兔子的毫，既長而銳。北方天氣寒冷，其毫勁硬，所以右軍的字才寫得那樣的挺秀多姿。大抵魏晉以至於唐，以兔毫爲主，宋元以後書家偏重行草，乃以鼠毫羊毫爲主。不過各家作風不同，用途不同，所用之筆亦異，不可一概而論。像沈石田的山水畫，濃墨點苔非常出色，那著名的「梅花點」就不是一般畫筆所能畫得出來的，很可能是先用剪刀剪去了筆鋒。

毛筆之妙，固不待言，我們中國的字畫之所以能在世界上獨樹一幟，賴有毛筆爲工具。不過毛筆實在不方便，用完了要洗，筆洗是不可少的，至少要有筆套，筆架筆筒也是少不了的。而且毛筆用不了多久必敗，要換新的。僧懷素號稱草聖，他用過的筆堆積如山，埋在地下，人稱筆冢。那是何等的豪奢。歐陽修家貧，其母以荻畫地教之學書。那又是何等的困苦。自從科舉廢，毛筆之普遍的重要性一落千丈，益以連年喪亂，士大夫流離顚沛，較簡便的自來水筆、鉛筆，以至於較近的球端筆（即俗謂原子筆）、氈頭筆（即俗謂簽字筆）乃代之而興。製毛筆的技術也因之衰落。近來我曾蒐購七紫三羊，無論是來自何方，均不夠標準，都是以紫毫爲心，秀出外露，羊豪嫌短，不能與紫毫渾融爲一體，無復剛柔相濟之妙。這也是無可奈何之事。有窮親戚某，略識之無，其子索錢買毛筆，云是教師嚴命，國文作文非用毛筆不可，某大怒曰：

「有鉛筆即可寫字，何毛筆爲？」孩子大哭而去。畫荻學書之事，已不可行於今日。此後毛筆之使用恐怕要限於臨池的書家和國畫家了。

墨

古時無墨。最初是以竹挺點漆，後來用石墨磨汁，漢開始用松煙製墨，魏晉之際松煙製墨之法益精，遂無再用石墨者。魏韋誕的合墨法：「好醇煙擣訖，以細絹篩於缸。醇煙一斤以上。以膠五兩，浸梣皮汁中。其皮入水，綠色，解膠，又益墨色，可下雞子白去黃五枚。益以眞珠一兩，麝香一兩，皆別治細篩。都合稠下鐵臼中，寧剛不宜澤，擣三萬杵，多益善。合墨不得過二月九日，重不得二兩一。」古人製墨，何等考究。唐李廷珪爲墨官，嘗謂合墨一料需配眞珠三兩，玉屑一兩，擣萬杵。晚近需求日多，利之所在，粗製濫造，佳品遂少。歷來文人雅士，每喜蓄墨，不一定用以臨池，大多是以爲把玩之資。細緻的質地，沉著的色澤，高貴的形狀，精美的雕鏤題識，淡遠的香氣，使得墨成爲藝術品。有些名家還自己製墨，蘇東坡與賀方回都精研和膠之法。明清兩代更是高手如雲。而康熙乾隆都愛文墨，除了所謂御墨如三希堂墨妙軒之外，江南督撫之類封疆大吏希意承旨還按時照例進呈所謂貢墨，雖然阿諛奉承的奴才相十足，墨本身的製作卻是很精的，偶有流布在外，無不視爲珍品。紅樓夢作者織造曹寅也有鐫著「蘭台精英」四字的貢墨，爲蓄墨者所樂道。至於談論墨品的專書，則宋有晁季一之《墨經》，李孝美之《墨譜》，元有陸友之《墨史》等，清代則談墨之書不可勝計。

墨究竟是爲用的，不是爲玩的。而且玩墨也玩不了多久。蘇東坡詩：「此墨足支三十年，但恐風霜侵髮齒，非人磨墨墨磨人，瓶應未罄罍先恥。」《苕溪漁隱叢話》：「東坡云：『石昌言蓄李廷珪墨，不許人磨。或戲之云：子不磨墨，墨將磨子。今昌言墓木拱矣，而墨固無恙。』……」墨之精品，捨不得磨用，此亦人情之常。民初北平兵變，當鋪悉遭劫掠，肆中所藏舊墨散落在外，家君曾收得大小數十笏，皆錦盒裝裹，精美豪華。其形狀除了普通的長方形圓柱形等之外，還有仿鐘、鼎、尊、罄，諸般彝器之作。質堅煙細，神采煥然。這樣的墨，怎捨得磨？至於那些墨上鐫刻的何人恭進，我當時認爲無關重要，現已不復記憶了。

書畫養性，至堪怡悅，惟磨墨一事爲苦。磨墨不能性急，要緩緩的一匝匝的軟磨，急也沒用，而且還會墨汁四濺。昔人有云：「磨墨如病兒，把筆如壯夫。」懶洋洋的磨墨是像病兒似的有氣無力的樣子。不過也有人說，磨墨的時候正好構想。「林下偶談」：「唐王勃屬文，初不精思，先磨墨數升。」也許那磨墨正是精思的時刻。聽人說，紹興師爺動筆之前必先磨墨，那也許是在盤算他的刀筆如何在咽喉處著手吧？也有人說，作書畫之前磨墨，舒展指腕的筋骨，有利於揮灑，不過那也要看各人的體力，弱不禁風的人磨墨數升，怕搦管都有問題，只能作顫筆了。

筆要新，墨要舊。如今舊墨難求，且價絕昂。近有人貽我坊間仿製「十八學士」一匣，「睢陽五老」一匣，只看那鏤刻粗糙，金屑浮溢之狀，就可以知道墨質如何。能沒有臭腥之氣，就算不錯。

紙

蔡倫造紙，見《後漢書．蔡倫傳》：「自古書契，多編以竹簡，其用縑帛者，謂之爲紙。縑貴而簡重，並不便於人。倫乃造意，用樹膚、麻頭，及敝布、魚網以爲紙。元興元年（西曆一〇五年）奏上之，帝善其能。自是莫不從用焉。故天下咸稱蔡侯紙。」倫是東漢和帝時的一名宦官，虧他想出以植物纖維造紙的方法。造紙的原料各地不同，據蘇易簡《紙譜》說：「蜀人以麻，閩人以嫩竹，北人以桑皮，剡溪人以藤，海人以苔，浙人以麥麵稻稈，吳人以繭，楚人以楮爲紙。」多是植物性纖維，就地取材。我國的造紙術，於蔡倫後六百多年傳到中亞，再經四百年傳到歐洲，這一偉大發明使全世界蒙受其利，是值得大書特書的事。

文人最重視的紙是宣紙，產自安徽宣州，今宣城縣，故名。績谿縣志：「南唐李後主，留心翰墨，所用澄心堂紙，當時貴之。而南宋亦以入貢。是澄心堂紙之出績谿，其著名久矣。」案近人考證澄心堂，在今安徽谿縣藝林寺臨溪小學附近，與李後主宮內之澄心堂根本不是一個地方，李後主用績谿的澄心堂紙，但是他沒有製作澄心堂紙。宮中燕樂之地，似不可能設廠造紙。《文房四譜》：「黟歙間多良紙，有凝霜、澄心之號。復有長可五十尺爲一幅。蓋歙民數百理其楮，然後於長船中以浸之，數十夫舉杪以抄之。旁一夫以鼓節之。於是以大薰籠周而焙之，不上於牆壁也。由於是自首至尾勻整如一。」澄心堂紙幅大者，特宜於大幅書畫之用。不過眞的澄心堂紙早已成爲希罕之物，北宋時即已不可多見。《六一詩話》：「余家嘗得南唐後主之澄心堂紙……」視爲珍寶。宋劉攽（貢父）詩：「當時百金售一幅，澄心堂中千萬軸，後人聞此那復得，就使得之當不識！」如今侈言澄心堂，幾人見過眞面目？

舊紙難得，黠者就製造贗品，薰之染之，也能古色古香的混充過去，用這種紙易於製作假字畫蒙騙世人。這應該算是文人無行的一例。故宮曾流出一批大幅舊紙，被作僞的畫家搶購一空。

宣紙有生熟之別，有單宣夾貢之分。互有利弊，各隨所好而已。古人喜用熟紙，近人偏愛生紙。生紙易滲水墨，筆頭水分要控制得宜，於溼乾濃淡之間顯出揮灑的韻味。嘗見有人作畫，急欲獲致水墨滲渲的效果，不斷的以口吮毫，一幅畫成，舌面盡黑。工筆畫，正楷書，皆宜熟紙。不過亦不盡然，我看見過徐青藤花卉冊頁的複製品，看那淋漓的水渲墨暈，不像是熟紙。

文人題詩或書簡多喜自製箋紙，唐名妓薛濤利用一品質特佳的井水製成有名的薛濤箋，李商隱所云「浣花箋紙桃花色，好好題詩詠玉鉤」，大概就是這種紙。明末盛行花箋，素宣之上加以藻繪，花卉、山水、人物，以及銅玉器之模型，窮工極妍，相習成風。餖板采色的《十竹齋箋譜》《蘿軒變古箋譜》可推爲代表作。民初北京榮寶齋等南紙店發售之箋紙，間更有模印宋版書之斷簡零篇者，古色古香，甚有意趣。近有嗜楊小樓劇藝而集其多幅戲報爲箋紙者，亦別開生面之作。

自毛筆衰歇之後，以宣紙製作之箋紙亦漸不流行，偶有文士蒐集，當做版畫一般的藝術品看待。周作人的書信好像是一直維持用毛筆箋紙，徐志摩楊今甫余上沅諸氏也常保持這種作風。至於稿紙之使用宣紙者，自梁任公先生之後我不知尚有何人。新月書店始製稿紙，採胡適之先生意見，單幅大格寬邊，有宣紙、毛邊、道林三種。其中宣紙一種，購者絕少，後遂不復製。

硯

硯居四寶之末，但是同等重要。廣東高要縣端溪所產之硯號稱端硯，爲世所稱，其中以斧柯山的石頭最爲難得，雖然大不過三四指，但是只有冬天水涸的時候才可一人匍匐進入洞口採石，蘇東坡所說「千夫挽綆，百夫運斤，篝火下縋，以出斯珍。」可以說明端硯之所以珍貴。

與端硯齊名的是歙硯，產地在今之江西婺源縣（原屬安徽）之歙溪。如今無論是端硯或歙硯，都因爲歷年來開採，羅掘俱窮，已不可多得，吾人只能於昔人著述中略知其一二，例如宋米芾之《硯史》，高似孫之《硯箋》，以及南宋無名氏之《硯譜》等。

歷代文人及收藏家多視佳硯爲拱璧。南唐官硯，現在日本，《廣倉研錄》以此研爲所著錄名研百數十方拓本之首，是現存古研之最古老最珍貴者。宋人蘇東坡德有鄰堂遺硯，及米芾的紫金研等都是極爲有名的。所謂良硯，第一是要發墨，因其石之質地堅細適度，磨墨不費時，輕磨三二十下，墨瀋濃濃。而且墨愈堅則發墨愈速，佳碩佳墨乃相得而益彰。除了發墨之外還要不傷筆，筆尖軟而硯石糙則筆易受損。並且磨起不可有沙沙的聲響。磨成墨汁後要在相當久的時間內不滲不乾。能有這幾項優異的功能便是一方佳硯，初不必問其是端是歙。

我家有一舊硯，家君置在案頭使用了幾十年，長約尺許，厚幾二寸，硯瓦微陷，硯池雕琢甚細，池上方有石眼，左右各雕一龍，作二龍戲珠狀。這個石眼有瞳孔，有黃暈，算不算得是「活眼」我就不知道了。家君又藏有桂未谷模寫的蠅頭隸書漢碑的拓本若干幅，都是刻在硯石上的，寫得好，刻得精，拓得清晰，裱褙裝裹均極考究，分四大函。張遷、曹全、白石神君、天發神讖、孔宙……等等無不具備。觀此拓片，令人神往，原來的石硯不知流落何方了。

我初來台灣，求一可用之硯亦不易得。有人貽我塑膠硯一方，令人啼笑皆非。菁清雅好文玩，既示我以其所藏之三希堂法帖，又出其所藏舊硯多方，供我使用。尤其妙者，菁清嘗得一新奇之硯滴，形如廢電燈泡，頂端黃銅螺旋，扭開即可注水，中有小孔，可滴水於硯面或硯池，勝似昔之硯蟾。陸放翁有句：「自燒熟火添新獸，旋把寒泉注硯蟾。」我之新型硯蟾，注水可長期滴用，方便多多。從此文房四寶，雖不求精，大致粗備。調墨弄筆，此其時矣。

東安市場

北平的東安市場，本地人簡稱為「市場」，因為當年北平內城裡像樣子的市場就只有這麼一個，西城也有一個西安市場，那是後來興建的，而且裡面冷冷落落，十攤九灶不能和東安市場相比。北平的繁盛地區歷來是在東城。

我家住的地方離市場很近，步行約二十分鐘，出胡同口轉兩個彎，就到了。市場的地點是在王府井大街金魚胡同西口的把角處。我十歲左右的時候，常隨同兄弟姊妹溜達著去買點什麼吃點什麼或是閒逛一番。

東安市場有四個門，金魚胡同口內的是後門（也稱北門），王府井大街的是前門，前門往南不遠有個不大顯眼的中門，再往南有個更不大顯眼的南門。

進前門，左手是市場管理處，屬京師警察廳左一區。牆上吊掛著一排藍布面的記事簿子，公事桌旁坐著三兩警察，看樣子很優閒。照直往前走，短短一截路，中間是固定的攤販，兩邊是店鋪。這條短路銜接著南北向的一條大路，這大路是市場的主幹線。路中間有密密叢叢的固定攤販，兩邊都是店鋪。路面是露天的，可是各個攤販都設法支起一個布帳篷，連接起來也可以避驕陽細雨。直到民國元年二月間（辛亥年正月十二日），大總統袁世凱唆使陸軍第三鎮曹錕駐祿米倉部隊兵變，大掠平津，東安市場首當其衝，不知爲什麼搶掠之後還要付之一炬。那一夜晚我在家裡看到熊熊大火起自西南，黑的白的濃煙裡冒著金星，還聽得到劈哩拍啦的響。這一把火把市場燒成一片焦土。可是俗語說「燒發，燒發。」果不其然，不久市場重建起來了，比以前更顯得整齊得多。布帳篷沒有了，改爲鉛鐵棚，把整條街道都遮蓋起來，不再受天氣的影響。有一點像現今美國的所謂Mall（市場街），只是規模簡陋許多，沒有空氣調節。

我逛市場總是從後門進去，一進門，覿面就是一個水果攤，除了各色水果堆得滿坑滿谷之外，還有應時的酸梅湯、玻璃粉、果子乾，以及山裡紅湯、溫桲、炒紅果、糊子糕、蜜餞杏乾、蜜餞海棠，當然冬天還有各樣的冰糖葫蘆。這些東西本來大部分是乾果子鋪或水果店發賣的貨色，按照北平老規矩，上好的水果都是藏在裡面的，擺在外面的是二等貨，識貨的主顧一定要堅持要頭等貨，夥計才肯到裡面拿出好貨色來，這就是「良賈深藏若虛」的道理。市場的水果攤則不然，好貨色全擺在外面，次貨藏在桌底下。到市場買水果很容易上當，通常兩個賣主應付一個買主，一個幫助買主挑挑揀揀，好話說盡，另一個專管打蒲包，手法俐落，把已揀好的好貨塞到桌下，用次貨掉包，再不然就是少放幾個，買主回家發現徒呼負負而已。北平買賣人道德低落在民初即已開始，市場是最好的奸商表演特技的地方。不過市場的貨色，至少從表面上看，是很漂亮誘人的。即以冰糖葫蘆而論，除了琉璃廠信遠齋的比較精緻之外，沒有比市場更好的。再往前走幾步，有個賣豌豆黃的，長方的一塊塊，上面貼上一層山楂糕，裝在紙匣裡帶回家去是很可口的一樣甜點。

進後門右手有一座四層樓，也是火燒後的新建築。這樓名爲森隆，算是市場最高大的建築物了。樓下一層是稻香村，顧名思義是專賣南貨。當年北平賣南貨的最初是前門外觀音街的稻香村，道地的南貨，店夥都是杭州人，出售的貨色不外筍尖、素火腿、沙胡桃、甘草橄欖、半梅、筍豆、香蕈、火腿之類，附帶著還賣杭垣舒蓮記的摺扇。沿街也偶有賣南貨的跑單幫的小販。森隆的稻香村雖是後起，規模不小，除了南貨也有北貨。特製的糟蛋、醉蟹等都很出色。森隆樓上是餐館，二樓中餐，三樓西餐，西樓素食。西菜很特別，中國菜味十足，顯得土氣，吃不慣道地西菜的人趨之若鶩。

進後門左轉照直走，就看見吉祥茶園。當年富連成的科班經常在此上演，小孩兒戲常是成本大套的，因爲人多，戲格外熱鬧，尤其是武戲，孩子們是眞賣力氣。譚富英、馬連良出師不久常在這裡演唱。戲園所在的地方，附近飲食業還能不發達？東來順潤明樓就在左邊。東來順是回教館，以氽烤羊肉馳名，其實只是一個中級的館子，價錢便宜，爲大眾所易接受，講到貨色就略嫌粗糙，片羊肉沒有正陽樓片得薄，一切佐料也嫌簡陋。因爲生意好，永遠是亂轟轟的，堂倌疲於奔命，顧客望而生畏。潤明樓就更等而下之，只好以裏肌絲拉皮爲號召了，只是門前現烙現賣的褡褳火燒卻是別處沒有的，雖然油膩一點。右邊有一家大鴻樓，比較晚開的，長於麵點，所做的牛肉麵，湯清碗大，那一塊紅亮的大塊肥瘦肉，酥爛香嫩，一塊不夠可以雙澆，大有上海的風味，爆鱔過橋也是一絕。

從吉祥戲院門口向右一轉是一片空場，可是一個好去處。零食攤販一個挨著一個。豆汁兒、灌腸、爆肚兒、豆腐腦、豆腐絲，應有盡有。最吸引人的是廣場裡賣藝的，耍罈子的，拉大篇的，耍狗熊的，耍猴兒的，還有變戲法的。我小時候常和我哥哥到市場看變戲法的，對於那神出鬼沒無中生有的把戲最感興味。有一天寒風凜冽，一大群人圍觀，以小孩居多。變戲法的忽然取出一條大蛇，眞的活的大蛇，舉著蛇頭繞場巡走一周，一面高呼「這蛇最愛吃小孩的鼻涕……」在場的小孩一個個的急忙舉起袖子揩鼻涕，群眾大笑。變戲法的在緊要關頭倏的停止表演，拿起小鑼就敲，「鏜！鏜！鏜！」「財從旺地起，請大家捧捧場。」坐在前排凳上的我哥哥和我從衣袋裡掏出幾個銅板往場地一丟，這時候場地上只有疏疏落落的二三十個銅板，通常一個人投一個銅板也就夠了，我們倆投了四五個，變戲法的登時走了過來，高聲說：「列位看見了麼，這兩位哥兒們出手多大方！」這時候後面站著的觀眾一個個的拔腿就跑，變戲法的又高聲叫：「這幾位爺兒們不忙著跑啊，家裡蒸著的窩頭焦不了！」但是人還是差不多都跑光了。

從後門進來照直走，不遠，右手有一家中興號，本來是個絨線鋪，實際上賣一切家用雜貨，貨物塞得滿滿的，生意茂盛。店主傅心精明強幹，長袖善舞，交遊廣闊，是東安市場的一霸。絨線鋪生意太好，他便在樓上開闢出一個中興茶樓，在絨線鋪中央安裝一個又窄又陡的木梯，緣梯而上，直登茶樓。茶樓當然是賣茶，逛市場可以在此歇歇腿兒，也可以教夥計買各種零食送到樓上來，樓上還有幾個雅座。傅掌櫃的花樣多，不久他賣起西餐來了。他對常來的茶客遊說：「您嘗嘗我們的咖哩雞，我現在就請您賞臉，求您品題，不算錢，您吃著好，以後多照顧。」一吃，果然不錯。那時候在北平，吃西餐算時髦，一般人只知道咖哩的味道不錯，不知道咖哩是什麼東西，還以爲咖哩是一種植物的果實，磨成粉就是咖哩粉，像咖啡豆之磨成咖啡那樣。傅掌櫃又說：「您吃著好，以後打個電話我們就送到府上，包管是滾熱的，多給您帶湯。」一塊錢可以買四隻小嫩雞煮的整隻咖哩雞，一大鍋湯。不久他又有了新猷，「您嘗嘗我們的牛扒。是從六國飯店請來的師傅。半生不熟的，外焦裡嫩的，煎得熟透的，任憑你選擇。」牛扒是北平的詞兒，因爲上海人讀排爲扒，北平人乾脆寫成牛扒。中興茶樓又拓展到對面的一層樓上，場面愈大，也學會了西車站食堂首創的奶油栗子粉。這一道甜點心，沒人不歡迎，雖然我們中國的奶油品質差一點，打起來稀趴趴的不夠堅實。

中興的後身有兩座樓，一個是丹桂商場，一個我忘了名字。這兩座樓方形，中間是攤販的空場，一個專賣七零八碎的小骨董小玩意兒，一個是賣舊書。骨董裡可眞有好東西，一座座玻璃罩的各種形式的座鐘，雖然古老，煞是有趣。古錢幣、鼻煙壺、珠寶景泰藍等也不少。價錢沒有一定，一般人不敢問津。北平特產的小寶劍小跨刀是非常可愛的。我在攤上買到過一個硬木製的放風箏用的線桄子，連同老絃，用了多少年都沒有壞，而且使用起來靈活可喜。我也在書攤上買到過好幾部明刻本詩集，有一部鉛字排的仇註杜詩隨身攜帶至今，書頁都變成焦黃色了。

斜對著中興有一家葆榮齋，賣西點，所做菠羅蛋糕、氣鼓、咖啡糕等等都還可以，只是粗糙一些，和法國麵包房的東西不能比。老闆姓氏不記得了，外號人稱「二楞子」，有人說他是太監，是否屬實不得而知。市場西點後起的還有兩家，起士林和國強，兼作冷飲小吃，年輕的人喜歡去吃點冰淇淋什麼的。有一家豐盛軒酪鋪，雖不及門框胡同的，在東城也算是夠標準的了，好像比東四牌樓南大街的要高明些。

越過起士林往南走，是一片空地，疏疏落落的有些草木，東頭有一個集賢球房，遠遠的聽到轆轆響，那是保齡球，據說那裡也有檯球。我從來沒有進去過。那個時代好像只有紈袴子弟或市井無賴才去那種地方玩耍。

逛市場到此也差不多了，出南門便是王府井大街，如有興致可以在中原公司附近一家茶館聽白雲鵬唱大鼓，劉寶全不在了，白雲鵬還唱一氣，老氣橫秋，韻味十足。那家茶館設備好，每位客人占大沙發一個，小茶几一個，舒適之極。

聽完大鼓，回頭走，走到金魚胡同口，寶華春的盒子菜是有名的，醬肘子沒有西單天福的那樣肥，可是一樣的爛，薰雞、醬肉、小肚、薰肘、香腸無一不精，各買一小包帶回家去下酒捲餅，十分美妙。隔壁天義順醬園在東城一帶無人不知，糖蒜固然好，甜醬蘿蔔更耐人尋味，北平的蘿蔔（象牙白）品質好，脆嫩而水分少，而且加糖適度，不像日本的醃漬那樣死甜，也不像保定府三宗寶之一的醬菜那樣死鹹。我每次到杭州我舅舅家去，少不了帶點隨身土物，一整塊寶華春青醬肉，一大簍天義順醬蘿蔔，外加一盆月盛齋醬羊肉，兩個大苤蘭，兩把匹笤帚。這幾樣東西可以代表北平風物之一斑。

現在的北平變了。最近去過的人回來報導說，東安市場的名字沒有了，原來的模樣也不存在，許多許多好吃好玩的事物也徒留在記憶裡，只是那塊土地無恙。兒時流連的地方，優閒享受的所在，均已去得無影無蹤。僅僅三四十年的功夫，變化眞大。

賽珍珠與徐志摩

聯副發表有關賽珍珠與徐志摩一篇文字之後，很多人問我究竟有沒有那樣的一回事。茲簡答如后。

男女相悅，發展到某一程度，雙方約定珍藏祕密不使人知，這是很可能的事。雙方現已作古，更是死無對證。如今有人揭發出來，而所根據的不外是傳說、臆測，和小說中人物之可能的影射，則吾人殊難斷定其事之有無，最好是暫且存疑。

賽珍珠比徐志摩大四歲。她的丈夫勃克先生是農學家。南京的金陵大學是教會學校，其農學院是很有名的，勃克夫婦都在那裡教書，賽珍珠教英文，並且在國立東南大學外文系兼課。民國十五年秋我應聘到東大授課，當時的外交系主任是張欣海先生，也是和我同時到校的，每於教員休息室閒坐等待搖鈴上課時，輒見賽珍珠施施然來。她擔任的課程是一年級英文。她和我們點點頭，打個招呼，就在一邊坐下，並不和我們談話，而我們的熱鬧的閒談也因爲她的進來而中斷。有一回我記得她離去時，張欣海把菸斗從嘴邊拿下來，對著我和韓湘玫似笑非笑的指著她說："That woman……"這是很不客氣的一種稱呼。究竟「這個女人」有什麼足以令人對她失敬的地方，我不知道。我覺得她應該是一位好的教師。聽說她的婚姻不大美滿，和她丈夫不大和諧。她於一八九二年生，當時她大概是三十六歲的樣子。我的印象，她是典型的美國中年婦人，肥壯結實，露在外面的一段胳臂相當粗圓，面團團而端莊。很多人對於賽珍珠這個名字不大能欣賞，就純粹中國人的品味來說，未免有些俗氣。賽字也許是她的本姓Sydenstricker的部分譯音，那麼也就怪不得她有這樣不很雅的名字了。

徐志摩是一個風流瀟灑的人物，他比我大七八歲。我初次見到他是通過同學梁思成的介紹以清華文學社名義請他到清華演講，這是民國十一年秋的事。他的講演「藝術與人生」雖不成功，他的丰采卻是很能令人傾倒。梁思成這時候正追求林徽音小姐，林長民的女兒，美貌頎頎，才情出眾，二人每周要約的地點是北海公園內的松坡圖書館。徐志摩在歐洲和林徽音早已交往，有相當深厚的友誼。據梁思成告訴我，徐志摩時常在松坡圖書館去做不受歡迎的第三者。松坡圖書館星期日照例不開放，梁因特殊關係自備鑰匙可以自由出入。梁不耐受到騷擾，遂於門上貼一紙條，大書：Lovers want to be left alone.（情人不願受干擾）。志摩只得怏怏而去，從此退出競逐。

我第二次見到志摩是在民國十五年夏他在北海公園董事會舉行訂婚宴，對方是陸小曼女士。此後我在上海遂和志摩經常有見面的機會，說不上有深交，並非到了無事不談的程度，當然他是否對賽珍珠有過一段情不會對我講，可是我也沒有從別人口裡聽說過有這樣的一回事。男女之私，保密不是一件容易事，尤其是愛到向對方傾訴「我只愛你一個人」的地步，這種情感不容易完全封鎖在心裡，可是在志摩的詩和散文裡找不到任何隱約其詞的暗示。同時，社會上愛談別人隱私的人，比比皆是，像志摩這樣交遊廣闊的風雲人物，如何能夠塞住悠悠之口而不被人廣爲傳播？尤其是現下研究志摩的人很多，何待外國人來揭發其事？

如今既被外國人揭發，我猜想也許是賽珍珠生前對其國人某某有意無意的透露了一點風聲，並經人渲染，乃成爲這樣的一段豔聞。是不是她一方面的單戀呢？我不敢說。

賽珍珠初無籍籍名，一九八三年獲諾貝爾獎，世俗之人開始注意其生平。其實這段疑案，如果屬實或者純屬子虛，對於雙方當事者之令名均無影響，只爲好事者添一點談話資料而已。所以在目前情形下，據我看，寧可疑其無，不必信其有。

時間即生命

最令人怵目驚心的一件事，是看著鐘錶上的秒針一下一下的移動，每移動一下就是表示我們的壽命已經縮短了一部分。再看看牆上掛著的可以一張張撕下的日曆，每天撕下一張就是表示我們的壽命又縮短了一天。因爲時間即生命。沒有人不愛惜他的生命，但很少人珍視他的時間。如果想在有生之年做一點什麼事，學一點什麼學問，充實自己，幫助別人，使生命成爲有意義，不虛此生，那麼就不可浪費光陰。這道理人人都懂，可是很少人眞能積極不懈的善爲利用他的時間。

我自己就是浪費了很多時間的一個人。我不打麻將，我不經常的聽戲看電影，幾年中難得一次，我不長時間看電視，通常只看半個小時，我也不串門子閒聊天。有人問我：「那麼你大部分時間都做了些什麼呢？」我痛自反省，我發現，除了職務上的必須及人情上所不能免的活動之外，我的時間大部分都浪費了。我應該集中精力，讀我所未讀過的書，我應該利用所有時間，寫我所要寫的東西。但是我沒能這樣做。我的好多的時間都糊裡糊塗的混過去了，「少壯不努力，老大徒傷悲。」

例如我翻譯《莎士比亞》，本來計畫於課餘之暇每年翻譯兩部，二十年即可完成，但是我用了三十年，主要的原因是懶。翻譯之所以完成，主要的是因爲活得相當長久，十分驚險。翻譯完成之後，雖然仍有工作計畫，但體力漸衰，有力不從心之感。假使年輕的時候鞭策自己，如今當有較好或較多的表現。然而悔之晚矣。

再例如，作爲一個中國人，經書不可不讀。我年過三十才知道讀書自修的重要。我披閱，我圈點，但是恆心不足，時作時輟。五十以學《易》，可以無大過矣。我如今年過八十，還沒有接觸過《易經》，說來慚愧。史書也很重要。我出國留學的時候，我父親買了一套同文石印的前四史，塞滿了我的行篋的一半空間，我在外國混了幾年之後又把前四史原封帶回來了。直到四十年後才鼓起勇氣讀了《通鑑》一遍。現在我要讀的書太多，深感時間有限。

無論做什麼事，健康的身體是基本條件。我在學校讀書的時候，有所謂「強迫運動」，我踢破過幾雙球鞋，打斷過幾支球拍。因此僥倖維持下來最低限度的體力。老來打過幾年太極拳，目前則以散步活動筋骨而已。寄語年輕朋友，千萬要持之以恆的從事運動，這不是嬉戲，不是浪費時間。健康的身體是作人做事的眞正的本錢。

日記

日記有兩種。

一種是專爲自己看的。每日三省吾身，太麻煩，晚上睡前抽空反省一次就足夠了，想想自己這一天做了些什麼事，不必等到清夜再來捫心。如果有一善可舉，即不妨泚筆記在日記之上，如果自己有一些什麼失檢之處，不管是大德踰閑或小德出入，甚至是絕對不可告人之事，亦不妨坦白自承。這比天主教堂的「告解」還方便，比法律上的「自承犯罪」還更可取。就一般人而論，人對自己總喜歡隱惡揚善，不大肯揭自己的瘡疤，但是也有人喜歡透露自己的一些以肉麻爲有趣的醜事，非暴露一下心不得安。最安全的辦法是寫在日記上。有人怕日記被人偷看，把日記珍藏起來，鎖在抽屜裡。世界上就有一種人偏愛偷看人家的日記。有一種日記本別出心裁，上下封面可以勾連起來上鎖。其實這也是自欺欺人之事，假設有人連日記本帶鎖一起挾以俱去，又當如何？天下沒有祕密可以珍藏，白紙黑字，大概早晚總有被人查覺的可能。所以凡是爲自己看的日記，而眞能吐露心聲，坦露原形者並不多見。

另一種日記是專爲寫給別人看的。這種日記寫得工整，態度不免矜持，偶然也記私人瑣事，也寫讀書心得，大體上卻是作時事的記錄，成爲社會史的一個局部的縮影。寫這種日記的人須有豐富的生活，廣闊的交遊，才能有值得一記的資料登上日記。我認識一位海外學人，他的日記放在案頭供人閱覽，打開一看好多頁都近於空白，只寫著「午後飲咖啡一杯。」像是在寫流水帳，而又出納甚吝。我又有一位同事，年紀不老小，酷嗜象棋，能不用棋盤和高手過招，如有得意之局必定在晚上「覆盤」登記在十行紙簿的日記上，什麼「馬二進三」「車一進五」的寫得整整齊齊，置在案頭供人閱覽。同嗜的人並不多，有興趣看而又能看得懂的人更少，只要肯表示一下驚訝讚歎之意，日記的主人便心滿意足了。至於處心積慮的逐日寫日記，準備藏之名山傳諸後世，那就算是一種著述了。

以我所知的幾部著名的中外日記，英國十七世紀的皮泊斯（Pepys）的日記爲最有趣的之一。他兩度爲英國的海軍大臣，乃政壇顯要，被譽爲英國海軍之父，但是使他在歷史上成大名的卻是他的一部日記。他從一六六〇年一月一日起，到一六六九年五月三十一日止，這九年多的時期內他每日必寫從無間斷，寫的是當時的大事如查爾斯二世如何自法歸來實行復辟，疫癘流行的慘狀，倫敦的大火，對荷蘭的戰爭等等。對於戲劇及其他娛樂節目也不放過。最令人驚異的是他寫他自己的行爲，如何毆打他的妻子，勾引他的女僕，如何在外拈花惹草，一夜風流，如何在他妻子爲他理髮時發現了二十隻蝨子，如何教堂講道時釘著眼睛看女人，如何與人幽會一再被妻子捉到而悔過討饒……都有生動的記述。這九年多的日記累積有三千零十二頁之多，分裝爲六大冊。內中許多事情不便公開，又有些私事怕家人偷看，他採用「古希臘羅馬速記術」。死後捐贈給他的母校劍橋的圖書館，在那裡庋藏了一百多年，蛛網塵封，無人過問，最後才被人發現予以翻譯付梓。

與皮泊斯同時也以一部日記而聞名的是約翰・哀芙林（John Evelyn）。他也是宮廷人物，但未任高職。他的日記從一六四一年起，當時他二十一歲，直到一七〇六年死前二十四天止，可以說是他的畢生行誼的記錄。他是知識分子，所記內容當然有異於皮泊斯的。

我們中國文人也有不少寫日記而成績可觀的，但是大部分近似讀書箚記，較少敘事抒情，文學史一向不把日記作者列爲值得一提的人物。例如李慈銘的《越縵堂日記》六十四冊，自咸豐三年至光緒十五年凡三十六年，幾乎逐日有記，很少間斷，洋洋大觀，很值得一讀，但我相信肯看的人不多。

胡適先生有一部日記，從他在北大執教時起一直到他晚年，其規模之大內容之富可能是超過以往任何作者。我在上海無意中看到過他的一部分日記，用毛筆寫在新月稿紙上，相當工整，其最大特色爲對於時事（包括社會新聞）特爲注意，經常剪貼報紙，也許是因此之故他的日記不久就裒然成帙。他的私人生活也記得很細，甚至和友人飲宴同席的人名都記載下來。他說：「我這部日記是我留給我兩個兒子的唯一的一部遺產。」因爲他知道這部日記牽涉到的人太多，只有在他去世若干年後才好發表。隔好多年有一次我問他：「先生的日記是否一直繼續在寫？」他說：「到美國後，紙筆都沒有以前那樣方便，改用墨水筆和洋紙本子了，可是沒有間斷，不過沒有從前那樣詳盡了。」他的日記何時才能印行，不得而知，我只盼望有朝一日可以問世，最好是完整的照相製版不加刪改，不易一字。

抗戰八年，我想必有不少人親身經歷過一些可歌可泣之事。可惜的是，很少有資格的人留下一部完整的日記。《傳記文學》刊載的何成濬先生的〈戰時日記〉是很難得的一部價值甚高的作品，內容詳盡而且文字也很簡練。所記載的是他個人接觸到的一些軍政情況與人物，當然未能涵蓋其他社會與文化方面的動態。假如有文人或學者在八年抗戰中留有完整的日記，我相信其可讀性必定很高。日記只要忠實、細緻就好，扭扭捏捏的文藝腔是絕對不需要的。人稱抗戰時期是一個「大時代」，其實沒有一個時代不大，不過比較的有些時代好像是特別熱鬧而已。承平時期也未嘗沒有可記之事。寫日記不難，難在持之以恆。

與莎翁絕交之後

我於民國五十六、七年譯完《莎士比亞全集》，先後出版，共四十冊，當時吐了一口大氣，眞是如釋重負。這個重負壓在我肩上歷三十年之久。其間由於客觀環境以及自身的疏懶，有許多許多空檔繳了白卷，但是三十年間這個負擔對我的壓力則未曾一日或減。一旦甩掉了包袱，當時心情之愉快可想。一時忘形，私下裡自言自語的說：「莎士比亞先生，我從此將要和你絕交了！」絕交一語也許下得太重了一些。時間相差四百多年，空間相距十萬八千里，彼此風馬牛不相及，往日無冤，近日無仇，是我自動的找上他的門來，不自量力，硬要把他的全集譯成中文，幸喜沒有版權問題，所以也未徵求他的同意。翻譯過程之中，我也得到不少樂趣，即使譯筆拙劣，或恐有誤解原文之處，他也默不作聲。所以我對莎翁只有感謝抱歉，怎好說出絕交二字？何況我根本不敢謬托知己？不過我確實也有抱怨，怨他的寫作數量實在太多，精采的作品固然層出不絕，早年的作品（尤其是與人合作的那一部分），並不怎樣令人激賞。而譯者沒有權力挑肥揀瘦任意割裂，必須一視同仁的依樣葫蘆。因此之故，爲了他，我的三十年光陰就在埋頭苦幹中度過去了。我這一生還有別的事情要做，還有別的東西要寫，不能不冷落他一下，也許就眞的從此斷絕關係。久已想寫一篇「與莎士比亞絕交書」，詳述我心中的感觸。病懶，一直沒有秉筆。

我沒有到過歐洲，不曾參觀過莎氏故鄉。不是沒有前去遊覽的機會，只因時局的關係一再的未能如願。嘗引英文亞瑟・魏萊的話爲我自己解嘲。魏萊譯了不少的中國詩，但是他畢生不曾一履中土。有人問他爲何不命駕東遊，他回答說：「我認識的中國人都是唐宋詩人，早已作古，我去看誰？」可是朋友們都爲我抱屈，幾乎一致的認爲我沒有不去瞻仰莎氏故鄉的理由。

朋友中到過斯特拉福鎭的亨烈街莎氏出生地的人，於欣賞那座於一八五七年大事整修過的木造房屋之際，遙想一五六四年四月（大概是二十三日）黎花蘋果花正在盛開，詩人莎士比亞誕生了。他們也登時想起了我，他們臨去時總要買一些導遊小冊及圖片之類的紀念品給我。他們到了少特萊鎭訪問莎氏夫人安・哈塔威的農舍，看到滿園的花樹姹紫嫣紅開遍，看到起居室內那一具粗木製的鴛鴦椅，他們不禁想到莎氏當年和哈塔威小姐坐在一起喁喁談情說愛的情況，他們就說：「梁某某眞應該來看看。」

有一位訪問了莎氏「新居」，那是莎氏於一五九七年花了六十鎊買到的寓所，比出生地舊居漂亮多了，爲那時候當地第二幢豪華房屋。可惜屋前一棵大桑樹據說是莎翁手植，於一七五八年被砍伐掉了。我的朋友買了一個小小的木雕莎翁半身像送我。據說就是用那棵大桑樹的木料雕成的，是眞是假無從對證。

又有一位憑弔莎翁墓於聖三一教堂，看到牆上有莎翁的半身石像，是塗了顏色的（古羅馬石像很多是塗顏色的），像下面便是莎翁墓，一塊不大起眼的石碣平鋪在地面上，上面沒有死者的生卒年月，只有四行並不怎樣高明的詩，然而一代大詩人就是長眠於此。這位朋友裴回不忍去，最後買了一張由教堂司事簽名證明的墓碣拓片送我。這樣的拓片我已積有兩張。

此外諸如阿汶河上的風景，莎翁母親家的寓所，莎氏紀念堂、劇院，倫敦南岸當年的幾個劇院的遺址所在，對我都不是陌生的。雖然我未親臨其地，但是在我心目中都有明顯的印象，因爲承朋友們的好意，這些年來時常的供應我有關莎氏的資料。甚至有些不相識的人，自稱「讀者」（大概是指中譯本的讀者吧？）也從海外寄我圖片，例如從丹麥寄來的愛爾新諾古堡圖片（哈姆雷特一劇的背景）。又有人自義大利寄來的羅密歐茱麗葉談情的那個陽台的圖片。這些大大小小的頒贈都有助於我的見聞，使我無須親自跋涉，省卻不少草鞋錢。

自從決計與莎翁絕交，對上述種種的紀念品就不復感覺興趣，只好束之高閣。甚至我長期訂閱的《莎士比亞季刊》也停止續訂了。《莎士比亞年刊》我也不復閱讀。每年戲劇季節，英國、加拿大和美國的某些都市都有莎劇上演，宣傳品不斷寄來，我只能略爲翻閱而已。未嘗不想去看，但已無餘勇可賈。不過已有三十年的糾葛，要說一刀兩斷也不是容易事。何況有些朋友不大了然我的心情，偶爾仍以有關莎氏的問題詢及芻蕘，我也不能不重拾舊好再與周旋。例如「培根學說」，那是老掉牙的問題，固然不值一提，但是也有較新、較為具體的一些研究，未便一筆抹煞。例如一位美國學者霍夫曼從一九三六年起就在心中萌長一項猜疑，以為莎士比亞乃一位演員而已，其作品則恐怕是出於瑪婁之筆。他花了十八年的功夫「上窮碧落下黃泉」不斷的奔走研究，他想在文字方面用簡單統計方法企圖證明莎氏與瑪婁實為一人，但是種種內證均不足以服人。最後他想到非舉有力的外證不可。他認定莎氏作品的原稿一定是藏在當時特務頭子華興安爵士的墓裡，因為華興安是瑪婁的上司。於是奔走求情，上下關說，意欲打開墳墓一窺究竟。挖掘墳墓非同小可，他竟能層層打通，但終為當地牧師否決，功虧一簣。霍夫曼欲解之謎仍然是一個謎以至於今。有人問我對此事有何評論。我的看法是：莎氏作品與瑪婁作品俱在，作風迥異，不可能是一個人。劇本在當時不是文學「作品」，不可能被人重視到拿去殉葬。霍夫曼枉費精神。

我所看見的最新的一篇莎氏研究論文是美國斯丹佛大學生物統計研究所一九八六年四月發表的一篇專門報告（列為第一百一十一號），題目是〈莎氏是否寫過新近發現的一首詩〉？作者是吉斯台德與艾夫龍。有人複印了一份給我，並且問我的意見。論文提要如下：

一九八五年十一月裡牛津大學圖書館中發現了一首七節的詩，是前所未見的，被認為是莎士比亞作品。這首詩眞是莎士比亞寫的麼？茲以艾夫龍與吉斯台德在一九七六年討論過的「非參數的經驗的貝葉斯模型」對此詩用字方式之一貫性與莎士比亞眞實作品用字方式之一貫性作一比較研究。例如，此詩有九個單獨不同的字，是在以前莎氏作品中從未出現過的，而按照貝葉斯模型預測，在這樣短的一首詩裡其期望值爲六點九七。爲了更加了解此一模式之限制，我們也考慮了章孫、瑪婁、鄧約翰的詩，以及四首確屬莎氏作品的詩。總而言之，此詩相當合理的與莎氏以前的寫作慣例相符合，故可據以相信此詩確爲莎氏所寫。

論者使用的統計方法精緻而客觀，可以說是很科學的。案：在莎氏研究中使用統計方法已有相當長久的歷史。一七七八年馬龍首先提出了「詩行測驗法」（Verse test），重點在計算詩行用韻以及聯行在全部作品中之比例，其目的在於確定莎氏作品之寫作年代，亦即我們所謂的「繫年」。此後莎氏全集之編纂者幾無不採用「詩行測驗法」。雖然各家測驗的結果並不完全一致的精確，但統計方法之值得使用是不容置疑的。

此一論文之檢討的對象是此詩之字彙，其目的在於「辨僞」。作者計算莎氏全部作品共八八四六四七個字，在這八十八萬多字之中各別不同的字有三一五三四個。一九八五年十一月十四日美國學者泰勒在牛津圖書館發現的這首詩很短，共僅四百二十九個字，其中各別不同的字有二百五十八個。在這二百五十八個字當中，有九個字是莎氏作品中所未見過的新字，例如admiration一字在莎氏作品中出現過十四次，但是從未以複數形出現過，所以admirations算是一個新字。另有七個字出現過一次，五個出現過二次……。該論文只考慮出現過九十九次或不及九十九次的字。根據這些統計數字，細加分析，因而得到此詩並非贋品的結論。

我最初讀到這首新發現的詩，憑直覺的主觀的品味，以其內容之淺陋，不似大詩人之手筆。繼而比較莎氏早年所作之詩歌，尤其是〈鳳凰與斑鳩〉、〈熱烈的情人〉、〈雜調情歌〉等篇，我想此一新發現的詩也許可以歸入「少作」之列。再者，詩與歌本來可以有別。歌側重唱的效果，行要短，韻要繁，要有聲調鏗鏘之致。凡是流行歌曲無不如是。如今有統計的證明其非僞，我們也可以承認這是莎氏早年所作的一首情歌吧。

莎翁全集卷帙浩繁，已經夠我們研讀的了，再加上一首歌，又有何妨？

二手菸

我是吸菸的世家子弟，經過三代的薰染，自然的成為此道老手。我抽雪茄，一天不超過一枝，飯後偶一為之。我抽菸斗，一度終日斗不離手。但是我抽紙菸，則有三十年的歷史，直到日盡一聽，而意猶未足。牙齒薰黑了，指尖染黃了，不以為憾。

我認識一個人，抽菸的歷史比我長，菸癮比我大，為了省錢專抽什麼蜜蜂牌公雞牌的廉價菸。枕邊長備香菸火柴，早晨醒來第一樁事就是躺著吸一根菸，然後再起床。而且常表演一手特技，猛吸一口菸，閉上嘴，硬把菸嚥了下去。天長日久，他的肺爛了。那時候大家還不知道什麼肺癌之說，或稱之曰肺癰。後來他就在咳嗽之中大口大口的吐出一塊塊淤血爛肺而亡。我照常抽菸，不以為誡。

勸人戒菸的說法很多。「你若省下買菸的錢，十年二十年之後可用以購置一幢房子。」最好的回答是：「閣下不抽菸，請問你的房子安在？」提起吸菸之害，話題就多了，諸如損食慾，汙牙齒，引口臭……耳熟能詳，誰不知道。人不可無嗜好，人各有所好，「我自調心，不干汝事。」於是我就我行我素繼續不斷的抽下去。吸菸是我生活中不可或少的一部分。

有一天，在學校的一個會議裡，我嘴上叼著菸斗，攏頭的電扇忽從背後吹來一陣風，把我的菸斗裡的半燃著的菸草吹得滿天星斗，而且直吹到對面坐著的一位女士的身上，灰燼落在她的薄衫上面，幸而沒把她的衣服燒出洞，也沒有釀成火災。她嚇得驚叫，我只是連聲道歉。事後我為了這件事苦悶了好幾天。

自古志行高潔之士，我想，都是有所為有所不為，有適當的選擇能力，有高度克己自制的功夫。我也是人，為什麼要心甘情願的受菸草裡的尼古丁所挾持支配而不能自拔？我想從戒菸一件小事測驗我自己究竟有沒有一點點自制的能力。於是我把當時所有的菸斗、紙菸、雪茄一起拋棄，以示破釜沉舟之意。只有大大小小的菸灰缸沒有丟。就這樣「冷火雞」方式使我脫離了菸籍。

最近看到《新聞週刊》（一九八六年七月二十八日）的一段記事，我大為感動。美國第二大菸草製作商瑞諾茲公司的大股東之一瑞諾茲先生，三十一歲，以演員為業，兩年前把菸戒掉，如今更進一步加入「美國肺臟學會」，參加這學會所發起的「反吸菸運動」作為發言人。瑞諾茲公司是他祖父所創立，營業鼎盛，祖孫三代吃著不盡。但是他毅然決然擺脫家族關係，解除了他的股權。雖然他自承其動機是由於他的父親五十八歲死於肺氣腫，他自愛愛人的勇氣仍然是很難得的。有人譏笑他，說他是「咬了伸手餵他的人」。他回答說：「那隻餵過我的手，也殺死過數以百萬計的人，且將繼續殺死更多的數以百萬計的人。」瑞諾茲先生可以說是「知恥近乎勇」。

由於報章宣傳，我才知道二手菸之為害於人有甚於直接吸菸者。我回想起，從前吸鴉片菸的人家，常喜歡含一大口菸噴那蜷伏菸榻旁邊的哈巴狗。不久那哈巴狗也上了癮。不按時噴牠，牠也會涕泗交流。如今美國有人提倡反吸菸運動，從拒絕吸二手菸作起，是很合理的。我國所受菸害已經創痛鉅深，聽說現在中小學學生吸菸的人數與日俱增，著實可怕。日前我在一家餐館吃飯，鄰桌的幾位先生興致甚豪，飲食之外猛吸紙菸，吞雲吐霧，怡然自得。我心想，你願吞雲，盡可由你，你要吐霧，則連累他人，萬使不得，我不能干涉他，我只能避席換座。

不要被人牽著鼻子走！

——懷念胡適先生

二十五年前的二月二十四日下午，幾位客人在舍下作方城戲。我不在局內。電話鈴響，是一位朋友報告胡適之先生突然逝世的消息。牌局立即停止，大家聚在客廳，悽然無語，不歡而散。

《文星》要我寫篇文章悼念胡先生，我一時寫不出來，我初步的感想是：胡先生的逝世是我們國家無可彌補的損失。於是我寫了以〈但恨不見替人〉為題的約一千字的短文。二十五年過去了，我仍然覺得沒有人能代替他。難道眞如趙甌北所說「江山代有人才出，管領風騷數百年。」要等幾百年麼？

胡先生之不可及處在於他的品學俱隆。他與人爲善，有教無類的精神是盡人皆知的。我在上海中國公學教書的時候，親見他在校長辦公室不時的被學生包圍，大部分是托著墨海（硯池）拿著宣紙請求先生的墨寶。先生是來者不拒，談笑風生，顧而樂之，但是也常累得滿頭大汗。一口氣寫二三十副對聯是常事。先生自知並不以書法見長，他就是不肯拂青年之意。在北京大學的時候，他的賓客太多，無法應付，仍訂於每星期六上午公開接見來賓。親朋故舊，以及慕名來訪的，還有青年學子來執經問難的，把米糧庫四號先生的寓所擠得爆滿。先生周旋其間，手揮五絃，目送飛鴻。樂於與青年學子和一般人士接觸的學者，以我所知，只有梁任公先生差可比擬，然尚不及胡先生之平易近人。胡先生胸襟開廓，而又愛才若渴，凡是未能親炙而寫信請教者，只要信有內容而又親切通順，先生必定作答，因此由書信交往而蒙先生獎掖者頗不乏人。

先生任駐美大使期間，各處奔走演講從事宣傳，收效甚宏，原有一筆特支費不須報銷，但是先生於普通出差費用之外未曾動用特支分文，掃數歸繳國庫。外交圈內，以我所知，僅從前之羅文榦部長有此高風亮節。蓋先生平素自奉甚儉，辦事認眞，而利祿不足以動其心。猶憶在上海辦《新月》時，先生常邀儕輩到家餐聚，桌上的食物是夫人親製的一個大鍋菜，一層雞、一層肉、一層蛋餃、一層蘿蔔白菜，名爲徽州的「一品鍋」。熱氣騰騰，主客盡歡。胡先生始終不離其對鄉土的愛好。在美國旅居時，有人從台灣到美國，胡先生煩他攜帶的東西是一套柳條編的大蒸籠。先生讚美西洋文明，但他自己過的是樸實簡單的生活。儉以養廉，自然不失儒家風範。

中國公學有一年因辦事人員措置乖方，致使全體人員薪給未能按時發放，群情憤激。胡先生時在北平，聞訊遄返，問明原委，明辨是非，絕不偏袒部屬。處事公道而不瞻顧私情的精神使大家由衷翕服。像這一類的事蹟，一定還多，和先生較多接觸的人一定知道得比我多。

許多偉大人物常於瑣事中顯露出其不凡。胡先生曾對我們幾個朋友說，他讀《陶淵明傳》，讀到他給兒子的信「汝旦夕之費，自資爲難，今遣此力，助汝薪水之勞，此亦人子也，可善遇之。」大爲感動，從此先生對於僕役人等無不禮遇，待如友朋，從無疾言厲色。有一次我在北大下課，值先生於校門口，承囑搭他的車送我回家。那一天正值雨後，一路上他頻頻注視前方，囑咐司機：「小心，慢行，前面路上有個水坑，不要濺水到行人身上……」忙著作這樣的叮嚀，竟沒得工夫和我說幾句話。坐汽車的人居然顧到行人。據李濟先生告訴我，有一回他和先生出遊，倦歸旅舍，先生未浴即睡，李先生問其故，先生說：「今日過倦，浴罷刷洗澡盆，力有未勝。」李先生大驚，因爲他從未聽說過旅客要自刷澡盆。但是先生處處顧到別人，已成習慣，有如此者。

學貫中西，實非易事，而胡先生當之無愧。試看他在青年時期所寫的「留學日記」，有幾人能有他那樣的好學深思？我個人在他那年齡，縱非醉生夢死，也是孤陋寡聞。先生嘗自期許，「但開風氣不爲師」。白話文運動便數他貢獻最大，除了極少數的若干人之外，全國早已風靡，無人不受其影響。

在學術思想方面，先生竭力提倡自由批評的風氣。他曾說：「上帝都可以批評，還有什麼不可以批評的？」他有考證癖，凡事都要尋根問柢。他介紹西方的某些哲學思想，但是「全盤西化」卻不是他的主張。他反對某些所謂的禮教，但是他認識「儒」的意義，「打倒孔家店」的話不是他說的。有一年他到廬山看見一座和尚的塔，歸來寫了一篇八千多字的文章作考據。常燕先生譏諷他為玩物喪志，先生意頗不平，他說他是要教人一個尋證求真的方法。後來先生對《水經注》發生了興趣，經年累月的作了深入而龐大的研究，我曾當面問他這是不是玩物喪志，先生依然正色說：「這是提示一個研究的方法。」現在他的《水經注》的研究已發表了，我不知道有多少學人從中學習到他的一套方法，不過我相信他對於研究學問的方法之熱心倡導是不可及的。

先生自承沒有從政的能力，也沒有政治的野心，但對政治理論與實際民生饒有興趣。他有批評的勇氣，也有容忍的雅量。他在《新月》上發表一連串的文章，後來輯為小冊，曰《人權論集》。當時有人譏為十八世紀思想。如今「人權」「人權」之說叫得震天價響了。

我遍讀先生書，覺得有一句一以貫之名言：「不要被人牽著鼻子走！」

信用卡

二十年前，一位從來足未出國門一步的朋友，移民到了美國，數年後回國遊玩，見了親友就從懷中取出一疊信用卡，不下七八張之多，向大家炫示。或問此物作何用途，答曰：「就憑這個東西，我身上不帶一文錢，即可遊遍天下。」話雖誇張，卻也有幾分近於實情。

信用卡就是商業機構發行的一種證明卡片，授權持有人憑卡到各特約商店用記帳方式購買物品或服務。通常是按月結帳，當然要加上一點服務費用。這樣，買東西就很方便。一個主婦在超級市場買日用品，堆滿一小車，到出口算帳，出示信用卡即可不必開支票，更無須付現，而且通常還可取得十元現鈔作零用，一起算在帳內。我的這位朋友買飛機票回國，也是使用信用卡。

用信用卡買東西等於是賒帳，先享用後付錢。但是要負擔服務費，等於付利息。而且有了信用卡，有些顧頭不顧尾的人不免忘其所以的大事採購。等到月底結算，帳單如雪片飛來，就發急得乾瞪眼。「借錢如白撿，還錢認喪氣。」把信用卡欠下的帳還清，可能一個月的收入所餘無幾。下個月手頭空空，依然可以用信用卡度日。欠欠還還，還還欠欠，一年到頭過著「蝨多不癢，債多不愁」的日子。這就是一般美國人的生活方式。如今這個制度也傳到我們國內，不過推行尚不甚廣。

在美國幾乎人人有信用卡，而且不止一張。如果一個人沒有信用卡，有時候要遭遇困難。因爲美國沒有身分證，信用卡就可以證明身分。當初申請信用卡是經過一番相當嚴密查證手續的，有無職業、固定薪給若干，以及種種相關事項都要查得一清二楚。所以信用卡表示一個人的信用，也表示他有償債的能力。一個人在美國非欠債不可，不欠債即無從表示其有償債的能力。信用卡比身分證還有用。

這和我們的國情不大相合。我們傳統的想法是在交易之際一手交錢一手交貨，銀貨兩訖，清清楚楚。許多飲食店都貼著一張字條：「小本經營，概不賒欠。」遇到白吃客硬要掛帳，可能引起一場毆鬥。可是稍大一點的餐館，也有所謂簽帳之說，單憑簽個字就可抹抹嘴揚長而去，這些豪客大半都是有來歷的人。不簽字記帳不足以顯出威風。餐館老闆強作笑顏，心裡不是滋味。

從前我們舊社會不是沒有欠帳的制度。例如在北平，從前戶口沒有大的流動，老的商店都擁有一批老主顧。到飯館去吃飯，櫃上打電話到酒莊，「某某胡同的×二爺在我們這裡，送兩斤花雕來。」酒莊就知道×二爺平素愛喝的是多少錢一斤的酒，立刻就送了過去，錢記在×二爺的帳上。欠帳不是什麼好事，唯獨喝酒欠帳，自古以來，就可以大言不慚的行之若素，杜工部不是說「酒債尋常行處有」，陸放翁不是也說「村酒可賒常痛飲」嗎？

不要以爲人窮志短才腆著臉去欠債。事實上越是長袖善舞的人越常欠債，而且債額大得驚人。俗語說「債台高築」，形容人的負債之多。其實所謂「債台」並不是債務累積得像一座高台。「債台」乃是逃債之台。戰國時，周赧王欠債甚多而無法清償，而債主追索甚急，王乃逃往誃台以避債。誃台，亦作誃台，古代宮中之別館。《漢書》有云「逃責之台」，責即是債。古時就有逃債之說，不過只是躲在宮中別館裡而已，遠不及我們現代人的逃債之高明，挾巨貲遠走高飛到海外作寓公！

由信用卡說到欠債，好像扯得太遠了。其實是一樁事。不習慣舉債的人，大概也不願意使用信用卡。信用卡一旦遺失被竊或被仿造，還可能引起麻煩。

紐約的舊書鋪

我所看見的在中國號稱「大」的圖書館，有的還不如紐約下城十四街的舊書鋪。紐約的舊書鋪是極引誘人的一種去處，假如我現在想再到紐約去，舊書鋪是我所要首先去流連的地方。

有錢的人大半不買書，買書的人大半沒有多少錢。舊書鋪裡可以用最低的價錢買到最好的書。我用三塊五角錢買到一部Jewett譯的《柏拉圖全集》，用一塊錢買到第三版的《亞里士多德之詩與藝術的學說》就是最著名的那個Butcher的譯本，——這是我買便宜書之最高的紀錄。

羅斯丹的戲劇全集，英文譯本，有兩大厚本，定價想來是不便宜，有一次我陪著一位朋友去逛舊書鋪，在一家看到全集的第一冊，在另一家又看到全集的第二冊，我們便不動聲色的用五角錢買了第一冊，又用五角錢買了第二冊。用同樣的方法我們在三家書鋪又拼湊起一部《品內羅戲劇全集》。後來我們又想如法炮製拼湊一部《易卜生全集》，無奈工作太偉大了，沒有能成功。

別以為買舊書是容易事。第一，你這兩條腿就受不了，串過十幾家書鋪以後，至少也要三四個鐘頭，則兩腿謀革命矣。餓了的時候，十四街有的是賣「熱狗」的，臘腸似的鮮紅的一條腸子夾在兩瓣麵包裡，再塗上一些芥末，頗有異味。再看看你兩隻手，可不得了，至少有一分多厚的灰塵。然後你左手挾著一包，右手提著一包，在地底電車裡東衝西撞的踉蹌而歸。

書鋪老闆比買書的人精明。什麼樣的書有什麼樣的行市，你不用想騙他。並且買書的時候還要仔細，有時候買到家來便可發見版次的不對，或竟脫落了幾十頁。遇到合意的書不能立刻就買，因爲頂痛心的事無過於買妥之後走到別家價錢還要便宜；也不能不立刻就買，因爲才一回頭的工夫，手長的就許先搶去了。這裡面頗有一番心機。

在中國買英文書，價錢太貴還在其次，簡直就買不到，因此我時常的憶起紐約的舊書鋪。

——原載一九二八年十月《新月》第一卷第八號

說胖

第三十二期《宇宙風》有〈文學作家中的胖子〉一文，署名爲上官碧，其中有一段是說我的：

有人在某種刊物上說：北大教授梁實秋先生像個「老闆」；以爲教書神氣像，划拳神氣更像。穿的衣服本來和別人用的材料差不多，到他身上好像就光亮不同，說的話本來和別人是同一問題，到他口上好像就意義不同。這種描寫當然不大確實。梁先生原籍雖是浙江，其實北京人的成分倒比較重。飲酒食肉的洪量不必說，只看看他譯莎士比亞可以知道。北方人照例是爽直而坦白的，梁先生譯莎士比亞戲劇用的就是這種可愛態度。因爲劇本是韻文，不易譯，譯來又不易懂，梁先生就直爽坦白的用普通語體文譯它。此外論詩也彷佛是一個北京人，「明白易懂」是他認爲理想的好詩。

這一段話不管說得對不對，總是因爲我胖，所以才被人編排在「文學作家中的胖子」之列，雖然我知道我壓根兒就不是「文學作家」。一個文學作家，第一得「作」，第二得成「家」，我是不夠這資格的，這個稱呼應該留給更適當的人。至於「胖子」，則胖瘦之間原無明顯的界限，似乎魯迅先生在論「第三種人」時說過這話，一個人非胖即瘦，非瘦即胖，處在中間的人也是或近於胖或近於瘦，這樣說來，我被列入胖子一類也是無可分辯的。不過若說我譯莎士比亞用散文，並且以「明白易懂」爲「理想的好詩」，都是因爲我有較重的「北京人的成分」，這點道理可有點奧妙，可憐我是北京人，我不大懂了。用散文譯莎士比亞，在這個世界上，我不是第一個人。法文裡有散文譯本，德文裡也有散文譯本。坪內逍遙的譯本我沒有見過，是不是散文我不知道。北京人成分不重的田漢先生，他譯的莎士比亞也是散文的。用散文譯莎士比亞是否合適，是一個可以討論的問題，但是與我的籍貫似乎不見得有什麼關係。至於說我以「明白易懂」爲「理想的好詩」，則我眞眞不服，我從來沒說過這樣的話，我就是再胖些也不會說出這樣的話。

胖是一種病，瘦也是一種病，所以最好還是不胖不瘦的做一個魯迅先生所認爲不存在的第三種人。假如做第三種人不可能，那麼也是以近於瘦比近於胖要好得多。何以呢？近於胖，則俗；近於瘦，則雅。一個文人，一個作家，總宜於瘦，一胖起來就覺得不稱，就大可以加以檢舉引爲談料。李白有詩嘲杜甫：「飯顆山頭逢杜甫，頭戴笠子日卓午，借問如何太瘦生，總爲從前作詩苦。」李白大概是近於胖，所以才這樣說。黃山谷和文潛詩：「張侯哦詩松韻寒，六月火雲蒸肉山。」這是拿胖人取笑的。傳統的正規的文人相，是應該清癯纖瘦弱不勝衣的。《世說》：「庾公造周伯仁，周曰：『君何所欣說而忽肥？』庾曰：『君復何所憂慘而忽瘦？』伯仁曰：『吾無所憂，直是清虛日來，滓穢日去耳。』」「心廣體胖」還算是很客氣的說法，若不客氣的說，就是滓穢壅積，就是俗。

有些人，我們希望他是個瘦子，見了面他偏偏是個胖子，這時候我們心裡不免就要泛起一種又驚異又失望的情緒，覺得是殺風景，掃興！富貴中人應該是豐頤廣顙了，然而也不盡然，在歷史上司馬溫公便是著名的枯瘦。做「老闆」的人也大有面如削瓜的。這雖然是例外，然而也就證明了一件事，人之胖瘦往往不由自主的惹看者掃興失望，這實在是大大的遺憾。即以想像中的人物而論，就說我用散文譯的那個莎士比亞罷，他的作品中的人物如孚爾斯塔夫是個胖子，這是大家都滿意的，不胖怎能顯得是癡蠢？但是哈姆雷特就應該是近於清癯一類才對勁兒，然而呢，莎士比亞卻把他寫成一個胖子，他鬥劍的時候，他的母親不是說他太胖愛喘愛出汗嗎？說起來也巧，莎士比亞的伙伴擔任扮演哈姆雷特的白貝子也是個胖子。有人說，就因為這位演員胖，所以哈姆雷特才被寫成為胖。這也許是，然而多麼不合於我們的想像呀！

從健康上著想，胖是應該設法治療的。「飲酒食肉」是致胖的原因之一，但素食戒酒也不一定就是特效的治療法。若為了欲求免俗而設法袪胖，我以為是大可不必的。俗而胖，與俗而瘦，二者之間若要我選一個，我寧願俗而胖，不願俗而瘦，因爲反正都是俗，與其外表風雅而內心俗陋，還不如裡外如一的俗！

——原載一九三七年二月二十二日《北平晨報・文藝》第七期

說酒

外國人喝酒，往往是站在酒櫃旁邊一杯一杯的往嗓子眼兒裡灌，灌醉了之後是搖搖晃晃的吵架打人，以至於和女人歪纏。中國人喝酒比較文明些，雖然不一定要酒席下酒，至少也要一點花生米豆腐乾之類。從喝酒的態度上來說，中國人無疑的是開化在先。

越是原始的民族，越不能抵抗酒的引誘。大家知道，美洲的紅人，他們認為酒是很神祕的東西，他們不惜用最珍貴的東西（以至於土地）來換取白人的酒吃。莎士比亞所寫的《暴風雨》一劇中曾描寫了一個半人半獸的怪物卡力班，他因為嘗著了酒的滋味，以至於不惜做白人的奴隸，因為酒的確有令人神往的效力。文明多一點的民族，對於酒便能比較的有節制些。我們中國人吃酒之雍容優閒的態度，是幾千年陶鍊出來的結果。

一個人能吃多少酒，是不得勉強的，所以酒為「天祿」。不過喝酒的「量」和「膽」是兩件事。有膽大於量的，也有量大於膽的。酒膽大的人不是不知道酒醉的苦處，是明知其苦而有不能不放膽大喝的理由在，那理由也許是脆弱得很，但是由他自己看必是嚴重得不得了。對於大膽喝酒的人我們應該寄與他們同情。假如一個人月下獨酌，罄茅台一瓶，頹然而臥，這個人的心裡不是平靜的，我們可以斷言。他或是憂時憤世，或是懷舊思鄉，或是情場失意，或是身世飄零，總之，必有難言之隱。他放膽呑酒，是想藉了酒而逃避現實，這種態度雖然值得我們同情，但是不值得鼓勵。

所謂酒量，那是因人而異的，有的人吃一兩塊糟溜魚片而即醺醺然，有的人喝上兩三斤花雕而面不改色。不過眞正大酒量也不過是三、四斤花雕或是一兩瓶白蘭地而已。常聽見人說某人能吃多少酒，數量駭聞，這是靠不住的，這只能證明一件事，證明這個說話的人不會喝酒。只有不知酒味的人才會說張三能喝五斤白乾，李四能喝兩打啤酒。五斤白乾，一下子喝下去，那也不是不可能，因爲二兩鴉片也曾有人一口呑下去。兩打啤酒，一頓喝下去，其結果恐怕那個人嘴裡要噴半天的白沫子罷。

酒喝過量，或哭或笑，或投江或上吊，或在床上翻觔斗，或關起門來打老婆這都是私人的事，我們管不著。唯有在公共場所，如果想要維持自己原來有的那一點點的體面與身分，則不能不注意所謂「酒德」也者。有酒德的人，不管他的膽如何，量如何，他能不因酒而令人增加對他的討厭。我們中國人無論什麼都喜歡配上四色八色以至十色，現在談起來酒德我也可以列舉八項缺德：

一是三杯下肚，使酒罵座，自討沒趣，舉座不歡；
二是黏牙倒齒，話似車輪，話既無聊，狀尤可厭；
三是高聲叫囂，張牙舞爪，擾亂治安，震人耳鼓；
四是藉酒撒瘋，舉動儇薄，醜態百出，啓人輕視；
五是酒後失常，藉端動武，勝固無榮，敗尤可恥；
六是嘔吐酒食，狼藉滿地，需人服侍，令人掩鼻；
七是……

我想不起來了，就算是六項罷。哪一項都要不得。善飲酒的人是得酒趣，而不缺酒德。以上我說的是關於喝酒的話，至於酒的本身，哪一種好，哪一種壞，那另有講究，改日再續談。

——原載一九三八年十二月十日重慶《中央日報・平明》，署名徐丹甫

吃醋

世以妒婦比獅子。（在閣《知新錄》）

獅子日食醋一瓶。（《續文獻通考》）

忽聞河東獅子吼，拄杖落地心茫然。（東坡〈嘲季常詩〉）

醋是一種有酸味的液體，以酒發酵釀成者也。是佐味必備之物，吃餃子尤其少不了它，如鎮江之醋，如山西老陳醋均爲醋中上品。這篇文章說的卻不是這種醋，說的是每一個人蘊之於心，形之於外的心理上的醋。

夫婦居室，大凡非相生即爲相剋。相生是陰陽得濟再好沒有；若不幸而相剋，則從古以來「二虎相爭，必有一傷。」當然必有一個剋得過，一個剋不過。爲什麼不相生而相剋呢？理由很多，吃醋是很重要的理由之一；常常老爺不跟太太好而跟另一位好，或者是太太不跟老爺好而跟另一位好。這麼一來，對方當然嫉妒，可是並非嫉妒對方，而是嫉妒那個另一位；不過另一位很不易與之發生正式衝突；於是一腔酸氣便全發在對方的身上，因而相剋，即所謂吃醋。所以吃醋原是雙方的，並不僅在太太方面。可是最著名的例子卻是太太造成，宋朝的陳季常先生瞞了太太鬼頭鬼腦地召妓飲酒，被陳太太知道了跑到隔壁，把板壁一敲，於是陳先生「忽聞河東獅子吼，拄杖落地心茫然。」「茫然」兩字，最得其神，千年之後我們都可想見其可憐的狼狽之狀。然而他這是活該，可憐不足惜。最倒楣的就是陳太太落了個「河東獅子」的名字，千秋萬世不能解脫。

傳說釋迦牟尼佛生時，一手指天，一手指地，作獅子吼，云：天上天下，唯吾獨尊。獅子是獸中之王，大聲一吼，自然群獸懾伏。佛家就說獅子吼而百獸伏，以喻正義伸而群言沮。古人把善妒之婦與釋迦牟尼佛相提並論，其重視的程度可以想見。

有一種捕風捉影的吃醋，令人莫名其妙，謂之吃飛醋。

剃頭的挑子一頭熱，自己酸氣沖天，氣得七顛八倒，而對方滿沒理會，此之謂吃寡醋。

亦有人把這個醋吃得非常溫柔，小巧而可愛，以退爲退，適可而止，縱橫捭闔，不可嚮邇，結果求福得福，求利得利。這是吃醋吃到了家的。否則弄巧成拙，不但吃了虧，還會被別人說閒話，說是醋罎子、醋坯子、醋瓶子……

又有一種人茅包脾氣，性如烈火。醋勁上來，急火攻心；不管三七二十一，拳頭嘴巴齊上，手槍刀子全來。於是演出慘絕人寰的大悲劇。這是白熱化的醋缸大爆炸，爲智者所不取。

這是男女間的吃醋，雖因情形之異而結果不同，可是出發點全是好的。它的演進是：由愛生疑，由疑生醋。

吃醋固不僅男女而然也。既然嫉妒之心，人皆有之，既引小喻大，何時何地不能吃醋？同行相輕，常常是吃醋使然；我不服你，你不服我，這其間的眞是非原是不容易分出來的。社會之中，名利爭奪，在在都有引起吃醋的可能。

醋的力量之大，既如上述，我們絕不能忽視他。不過假如我們眞有這樣大的醋勁非發洩不可的話，我們何妨轉移目標，把這一股潑辣的力量用在一種偉大的事業上去呢？

——原載一九三八年十二月二十二日《中央日報・平明》，署名召音

小賬

小賬是我們中國的一種壞習慣，在外國許多地方也有小賬，但不像我們的小賬制度那樣的周密，認眞，麻煩，常常令人不快。我們在飯館裡除了小賬加一之外還要小賬，理髮洗澡要小賬，坐輪船火車要小賬，雇汽車要小賬，甚而至於坐人力車坐轎子，車夫轎夫也還會要饒一句：「道謝兩白錢！」

小賬制度的討厭在於小賬沒有固定的數目，給少了固然要遭白眼，給多了也是不妙，最好是在普通的數目上稍微多加那麼一點點，庶幾可收給小賬之功而不被諡爲豬頭三。然而這就不容易，這需要有經驗，老門檻。

在有些地方，飯館的小賬是省不得的，尤其是在北方，堂倌客氣得很，你的小賬便也要相當的慷慨。小賬加一，甚至加二加三加四加五，堂倌便笑容可掬，鞠躬如也，你才邁出門檻，就聽見堂倌直著脖子大叫：「送座，小賬×元×角！」聲音來得雄壯，調門來得高亢，氣勢來得威武，並且一呼百諾，一陣歡聲把你直送出大門口，門口旁邊還站著個把肥頭胖耳的大塊頭，滿面春風的彎腰打躬。小賬之功效，有如此者。假如你的小賬給得太少，譬如吃了九角八分麵你給大洋一元還說「不用找啦」，那你就準備看著一張喪氣的臉罷！堂倌絕不隱惡揚善，他是很公道的，你的「惡」他也要「揚」一下，他會怪聲怪氣的大吼一聲：「小賬二分……」門外還有人應聲：「啊！二分！謝謝！」你只好臊不搭的溜之乎也。聽說有一個人吃完飯放了二分錢在桌上，堂倌性急了一點，大叫「小賬二分！」那個人羞惱成怒，把那兩分錢拿起來放進衣袋去，堂倌接著又叫「又收回去了！」

一個外國傳教師曾記載著：

「中國的客棧飯館和澡堂一類場所有一種規矩，就是在客人付賬之後，接受銀錢的堂倌一定要高聲報告小賬的數目，這種規矩表面上好像是替客人拉面子，表示他如何闊綽（或其反面），也確有初次出門的客人這樣想的；但實際上是讓其他的堂倌們知道，他並沒有揩什麼油，小賬是大家平均分配的，經收的他是『涓滴歸公』了的。（見潘光旦先生著：《民族特性與民族衛生》頁一四五，商務版）這觀察固然是很對的，但是多付小賬能有意想不到之效力，也是事實。在飯館多付幾成小賬，以後你去了便受特別優待，你要一盤燴蝦仁，堂倌便會附耳過來說『二爺，不用吃蝦仁了，不新鮮！』蝦仁究竟新鮮與否是另一問題，單是這一句話顯得多麼親切有味！在澡堂裡於六角之外另給小賬六角，給過幾次之後，你再去，堂倌老遠的就望見你，心裡說『六角的來了！』

記得老舍先生有一篇小說，提起火車裡的查票人的幾副面孔，在三等車裡兩個查票人都板著面孔，在二等車裡一個板面孔一個露笑臉，在頭等車裡兩個人都帶笑容。我們不能不佩服老舍形容盡致。不過你們注意過火車上的小賬沒有？坐二三等車的人不能省小賬，你給了之後茶房還會嘟嘟囔囔的說：「請你老再回回手！」你回了手之後，他還要咂嘴搖頭，勉強算是饒了你這一遭，並不滿意。可是在頭等車裡很少有此等事，小賬隨便給，並無閒話聽。原因很簡單，他不知你是何許人，不敢囉唣。輪船裡的大餐間，也有類似情形。隴海線浙贛線均不許茶房收小賬，規矩很好，有些花錢的老爺們偏要破壞這規矩，其實是不該的。

考小賬制度之所以這樣發達，原因不外乎兩個，一個是勞苦的工役薪俸太低，一個是有錢的人要憑藉金錢的勢力去買得格外的舒服。

勞力者的待遇，就一般論，實在太低。出賣勞力的人，一個月的薪俸只有十塊八塊，這是很普通的事，每月掙五六塊的薪金而每月分小賬可以分到三五十元，這也是很普通的事。爲了貪求小賬，勞動者便不能不低聲下氣的去伺候顧主，這固然也有好處，然而這種制度對於勞動者是不公道的，因爲小賬近於「恩惠」，而不是應得的報酬。廣東有許多地方不要小賬，那精神是可取的。要取消小賬制度，勞力者的人格才得更受尊敬。在業主方面著想，小賬是最好不過，這負擔是出自顧客方面，而且因此還可以把業主的負擔（薪金）減輕。

富有的人並不嫌小賬爲多事。常言道：「有錢能使鬼推磨」。有錢的人往往就想：我有錢，什麼事都辦得到，多費幾個錢算什麼！在北平聽過戲的人應該知道所謂「飛票」。好戲上場，總是很晚的，富有階級的人無須早臨而得佳座，因爲賣「飛票」的人在門口守候著，拿著預先包銷的佳座的票子向你兜售，你只消比票價多出百分之五十做小賬，第二排第三排便隨你挑選，假如再多付一點小賬，等一會還會有一小壺特別體己好茶送到你的眼前。有錢的人不必守規矩，錢就是規矩。火車站買票也是苦事，然而老於此道者亦無須著急，儘管到候車室裡吸菸品茶，茶房會從票房的後門進去替你辦得妥妥貼貼，省你一身大汗，費你幾角小賬。只要有錢，就有辦法。假如沒有小賬制度，有錢也是不成，大家都得守規矩，有錢的人和沒錢的人不是平等了麼？

我提議：一，把勞苦的人的工資提高；二，把小賬的制度取締一下，例如飯館既有堂彩加一的辦法，就不必另收小賬（改做加二也好）；三，公用機關和大企業要首先倡導打破小賬制度，這事說起來容易，一時自然辦不到。可是我還要說！

——原載一九三九年一月二十四日《中央日報・平明》，署名文茜

推銷術

一位朋友在美國旅行，坐在火車上昏昏欲睡，驀然覺得肘邊一觸，發現在椅子上扶手的地方有一張小紙，紙上有十幾顆油炸花生，鮮紅的，油汪汪的，撒著鹽粒的，油炸花生。這是哪裡來的呢？他回頭一看，有一位身材高大的人端著一盤油炸花生剛剛走過去，他手裡拿著一把銀匙，他給每人面前放下一張紙，然後挖一杓花生。我的朋友是剛剛入境，尚未問俗，覺得好生奇怪，不知這個人是做什麼的。是賣花生的麼？我既沒有要買，他也並未要錢。只見他把花生定量配發以後，就匆匆的到另外一個車廂裡去了。花生是富於誘惑性的，人在無聊的時候誰忍得住不捏一顆花生往口裡送？既送進一顆之後，把饞蟲逗起來了，誰忍得住不再拿第二顆？什麼東西都好抵抗，唯獨誘惑最難抵抗。車上的客人都在蠕動著嘴巴嚼花生了。我的朋友也隨著大家吃了起來。十幾顆花生是禁不住幾嚼的。霎時間，花生吃完了。可是肚子裡不答應，嘴裡也鬧得慌，比當初不吃還難受。正在這難熬的當兒，那個大高個兒又來了，這一回他是提著一個大籃子，裡面是一袋一袋的炸花生，兩角錢一袋。旅客幾乎沒有不買一兩袋的。吃過十幾顆而不再買的也有，那大個子也只對他微微一笑，走過去了，原來起先配發的十幾顆是樣品，不取值。好精明的推銷術！

我的朋友說，還有比這更霸道的。在家裡住得好好的，忽然郵差送來一個小小的包裹，打開一看是肥皂公司寄來的兩塊肥皂，附著一封信，挺客氣，恭維你一大頓，說只有你才配用這樣超等的肥皂，這種肥皂如果和臉一接觸，那感覺就比和任何別種東西接觸都來更爲渾身通泰，臨完是祝你一家子康健。我的朋友愣住了，問太太，問小姐，誰也沒有要買他的肥皂。已經寄來了，就擱著罷。過了很久，也沒有下文，不知是在哪一天也就拉扯著用了。也說不上好壞，反正可以起白沫子下油泥就是了。可是兩塊肥皂剛用完，信來了，問你要訂購多少塊，每塊五角。我的朋友置之不理。過些天第三封信來了，這一回措詞還很客氣，可是骨子裡有點硬了，他問你爲什麼緣故不訂購他的肥皂，是爲了價錢貴麼，是爲了香氣不夠麼，是爲了硬度不合麼，是爲了顏色不美麼……列舉了一串理由，要你在那小方格裡打個記號。活像是民意測驗。我的朋友火了，把測驗紙放進應該放進的地方去，罵了一句美國式的國罵。又過了不久，第四封信來了，措詞還是很謙遜，算是償付那兩塊肥皂的價錢，便彼此兩清了。人的耐性是有限度的，誰的耐性小誰算是輸了。我的朋友賭氣寄一元錢去，其怪遂絕。

據說某一醫生也同樣的收到這樣的肥皂兩塊。也接到了四封囉嗦的信，他的應付的方法是寄一小包藥片給他，也恭維他一大頓，說只有您閣下才配吃這樣的妙藥，也問他要訂購多少瓶，也問他爲什麼不滿意，最後也是索價一元，但是無庸寄錢了，彼此抵消，兩清。

這樣的情形，在我們國內不易發生。誰捨得把一杓杓花生或一塊塊肥皀白的當樣品送出去？既送出之後，誰能再收回成本？我們是最實現的，得到一點點便宜之後，絕不會再吐出來的。

可是我們也有我們傳統的推銷術。我們自古以來就講究「良賈深藏若虛」。這是以退爲進，以柔克剛的老法寶，我有一票貨，無須大吹大擂，不必僱一隊洋吹鼓手遊街，亦無須都倒翻出來擺在玻璃窗裡開展覽會，更不花冤枉錢登廣告，我乾脆不推銷，死等著顧客自己上門。買賣做得硬氣，門口標明「只此一家，並無分店。」連分店都不肯設。多麼倔！但是貨出了名，自然有人上門，有人幾百里跑來買東西。不推銷反成爲最好的推銷術。

這樣不推銷的推銷術，在北平最合適。北平有些店鋪，主顧上門，不但不著急兜攬生意，而且於客氣之中還寓有生疏之意。例如書店。進得店門，四壁圖書雖然塞得滿滿的，但盡是些普通書籍，你若問他有什麼好書，他說沒有什麼，你說隨便看看，他說請看請看。結果是你什麼好書也看不見。但是你若去過幾次，做成幾回生意，情形就不同了，他會請你到裡櫃坐，再過些時請到後櫃坐，升堂入室之後，箱子裡的好書善本陸陸續續的都拿出來了。宋版的，元槧的，琳瑯滿目，還小聲的囑咐你，不要對外人說。於生意之外，還套著交情。

水果店也有類似的情形。你別看外面紅紅綠綠的擺著一大堆，有好的也有壞的，頂好的一路卻在後面筐裡藏著呢！你若不開口要看後面藏著的貨色，他絕不給你看。後面筐裡，蓋著一張張棉紙，揭開一看，全是沒有渣兒的上等貨。

這種「深藏若虛」的推銷術有它的存在理由。貨物並非大量生產，所以無須急於到處推銷。如果宋版書一刷就是幾萬份，也得放在地攤上一折八扣。如果萊陽梨肥城桃大批運到北平，也不能一聲不響的藏在後櫃。而且社會相當穩定，買東西的人是固定的那麼些個人，今年上門明年一定還來，幾十年下來不會有什麼大的變動。所以，小自酸梅湯，醬羊肉，茯苓餅，灌腸，薄脆，豆腐腦，都有一定的標準店鋪，口碑相傳，絕無錯誤。如今時代不同了，人口在流動，家族在崩析，到處都像是個碼頭，今年不知明年事，所以商店的推銷術也起了急劇的變化。就是在北平，你看，雜貨店開張也要有兩位小姐剪綵，油鹽店也要裝置大號的收音機，飯館也要裝霓虹招牌，滿街上奇形怪狀的廣告，不是歡迎參觀，就是敬請比較，不是貨湧如山，就是拚命削價，唯恐主顧不上門，——只欠門口再站兩個彪形大漢，見人就往裡拉！

——原載一九四七年十月五日《益世報・星期小品》第十二期，署名劉恵鈞

房東與房客

狗見了貓，貓見了耗子，全沒有好氣，總不免怒目相視，齜牙咧嘴，一場格鬥了事。上天生物就是這樣，生生相剋，總得鬥。房東與房客，或房客與房東，其間的關係也是同樣的不祥。在房東眼裡，房客很少有好東西；在房客眼裡，房東根本就沒有一個好東西。利害衝突，彼此很難維持人與人之間應有的常態。

房東的哲學往往是這樣的：「來看房的那個人，看樣子就面生可疑。我的房子能隨便租給人？租給他開白面房子怎麼辦？將來非找個妥保不可。你看他那個神兒！房子的間架矮哩，院子窄哩，地點偏哩，房租大哩，褒貶得一文不值，好像是誰請他來住似的！你不合適不會不住？我說得清清楚楚，你沒有家眷我可不租，他說他有。我問他是幹什麼的，他死不張嘴，再不就是吞吞吐吐，八成不是好人。可是後來我還是租給他了。他往裡一搬，哎呀，怎那麼多人口，也不知究竟是幾家子？癟嘴的老太太有好幾位，孩子一大串，兔兒爺似的一個比一個高。住了沒有幾個月，房子蹧蹋得不成樣子，雪白的牆角上他堆煤，披蔴綠油的影壁上畫了粉筆的飛機與烏龜，磚縫裡的草長了一人多高，溝眼也堵死了，水龍頭也歪了，地板上的油漆也磨光了，天花板也薰黑了，玻璃窗也用高麗紙給補了，門環子也掉了……唉，簡直是遭劫！房租到期還要拖欠，早一天取固然不成，過幾天取也常要碰釘子，『過兩天再來吧』、『下月一起付罷』、『太太不在家』、『先付半個月的罷』、『我們還沒有發薪哪，發了薪給你送去』……好，房租取不到，還得白跑道。腿桿兒都跑細了。他不給租錢，還挺橫，你去取租的時候，他就叫你蹲在門口兒，砰的一聲把大門關上了，好像是你欠他的錢！也有到時候把房租送上門來的，這主兒更難纏，說不定他早做了二房東，他怕我去調查。租人家的房子住人的，有幾個是有良心的？……」

房客的哲學又是一套：「這房東的房子多得很，『吃瓦片兒的』，任事不做，靠房錢吃飯。這房子一點也不合局，我要是有錢絕不租這樣的房子。我是湊合著住。一進門就是三份兒，一房一茶一打掃。比閻王還兇。沒法子，給你。還要打鋪保？我人地生疏，哪裡找保去？難道我還能把你的房子吃掉不成？你問我家裡人口多不多，你管得著麼？難道房東還帶查戶口？『不准轉租』，我自己還不夠住的呢！可是我要把南房騰空轉租，你也管不了，反正我不欠你的房租。『不准拖欠』，噫，我要是有錢我絕不拖欠。這個月我遲領了幾天薪，房東就三天兩頭兒的找上門來，好像是有幾年沒付房錢似的，攪得我一家不安。誰沒有個手頭兒發窘？何苦！房錢錯了一天也不行，急如星火，可是那天下雨房漏了，打了八次電話，他也不派人來修，把我的被褥都溼髒了，陰溝堵住了，院裡積了一汪子水，也不來修。門環掉了，都是我自己找人修的。他還靦著臉催房錢！無恥！我住了這麼久，沒蹧蹋你一間房子，牆、柱子都好好的，沒摘過你一扇門一扇窗子，還要怎樣？這樣的房客你哪裡找去？……」

房東房客如此之不相容，租賃的關係不是很容易決裂的嗎？啊不。比離婚還難。房東雖然不好，房子還是要住的；房客雖然不好，房子不能不由他住。主客之間永遠是緊張的，誰也不把誰當做君子看。

這還是承平時代的情形。在通貨膨脹的時代，雙方的無名火都提高了好幾十丈，提起了對方的時候恐怕牙都要發癢。

房東的哲學要追加這樣一部分：「你這幾個房錢夠幹什麼的？你以後不必給房錢了，每個月給我幾個燒餅好了。一開口就是『老房客』，老房客就該白住房？你也打聽打聽現在的市價，頂費要幾條幾條的，房租要一袋一袋的，我的房租不到市價的十分之一，人不可沒有良心。你嫌貴，你別處租租試試看。你說年頭不好，你沒有錢，你可以住小房呀！誰叫你住這麼大的一所？沒有錢，就該找三間房忍著去，你還要場面？你要是一個錢都沒有，就該白住房麼？我一家子指著房錢吃飯哪！您也不是我的兒子，我爲什麼讓你白住？……」

房客方面也追加理由如下：「我這麼多年沒欠過租，我們的友誼要緊。房錢不是沒有漲過，我自動的還給你漲過一次呢，要說是市價一間一袋的話，那不合法，那是高抬物價，壓迫無產階級，市儈作風，說到哪裡也是你沒理。人不可不知足。你要漲到多少才叫夠？我的薪水也並沒有跟著物價漲。才幾個月的工夫，又囉嗦著要漲房租，虧你說得出口！你是房東，資產階級，你不知沒房住的苦，何必在窮人身上打算盤？不用廢話了，等我的薪水下次調整，也給你加一點，多少總得加你一點，這個月還是這麼多，你愛拿不拿！你不拿，我放在提存處去，不是我欠租。……」

鬧到這個地步，關係該斷絕了罷？啊不。房客賭氣搬家，不，這個氣賭不得，賭財不賭氣。房東攆房客搬家，更不行，攆人搬家是最傷天害理的事，誰也不同情，而且事實上也攆不動，房客像是生了根一般。打官司麼？房東心裡明白：請律師遞狀，開庭，試行和解，開庭辯論，宣判，二審，三審，這一套程序不要兩年也得一年半，不合算。沒法子，嘔罷。房東和房客就這樣的在嘔著。

世界上就沒有人懂得一點賓主之誼，客客氣氣，好來好散的麼？有。不過那是在「君子國」裡。

——原載一九四七年十一月二十三日《益世報・星期小品》第十九期，署名馬天祥

略談莎士比亞作品裡的鬼

莎士比亞作品裡關於靈異的（Supernatural）描寫是很多的，鬼是其中之一。所謂鬼，是專指人死了而變成的那種精靈。至於Fairies, Nymphs, devils, Witches等等，不在我們的討論範圍之內。

談鬼是一件很普通的習慣，有趣味，有刺激，不得罪人，不至觸犯忌諱，不受常識的約束，——比談旁的都方便。《冬天的故事》第二幕第一景有這樣的一段：

瑪　在冬天最好是講悲慘的故事：我有一個講鬼魔的故事。

赫　好，我們就聽這個。來，坐下：説罷，你盡力談鬼來嚇我罷；你是很會的。

瑪　有一個人——

赫　不，來坐下；這再説。

瑪　他住在墳地附近……

這也許是一段寫實的描寫。冬日圍爐取暖的時候，不正是談鬼的絕好機會嗎？

莎士比亞的時代，是各種迷信流行的時代。哲姆斯一世便是著名的篤信神鬼的國王，他於一五九七年刊行他所作的《妖怪學》（Daemonologie）。他可以因巫術而興大獄，殺戮以千百計，又這一件事就可以反映這時代是如何的愚闇。莎士比亞時代的戲劇常常包含鬼怪之類，此種風氣可以說是從奇得的《西班牙之悲劇》以後便非常流行的。舞台的場面，往往有神鬼出沒的機關。大概鬼出來是從舞台地板上的一個洞裡鑽出來，表示他是從地下來的意思。一般的觀眾是迷信的，相信鬼的存在，至少是以爲鬼是有趣。

《哈姆雷特》一劇告訴我們許多關於鬼的事。鬼平常是不出來的，除非他是有什麼寃抑。他出來的時候，總穿著生時的服裝，並且總在夜裡，等到天亮雞叫就要匆匆的消逝（這和我們的《聊齋》說鬼大致彷彿）。鬼不輕易啓齒，須要生人先向他開口。平常和鬼交接談話（cross）是很危險的，容易被鬼氣所殛（blasted）。想要袚除鬼怪之類，須要用拉丁文說話。鬼是怯懦的，喧嘩的人眾可以把鬼形衝散。（武松驚散了大郎的陰魂，大概即是同一道理。）鬼有時不令別人看見，只令被他所願意能看見他的人看見。鬼並不積極的害人。中國鬼故事裡，頗有些惡厲的鬼，啖人肉，吮人血，甚至還有「拉替身」之說，莎士比亞作品裡的鬼比較起來是文明多了，然而可也就沒有我們中國文學中的鬼那麼怪誕離奇。

莎士比亞作品中的鬼也有可怕些的。譬如《凱撒大將》第四幕第三景，凱撒的鬼出現的時候，布魯特斯說：

這燈光何等的慘淡！哈！誰來了？
我想是我的眼睛有了毛病
幻鑄成這樣怪異的鬼形。
他向我來了……

李查三世第五幕第三景，群鬼在李查王夢中出現之後，李查王也說：

慈悲，耶穌！且慢！我作夢了。
啊怯懦的心，你使我何等苦痛！
燈火冒著青光。正是死沉的午夜。
抖顫的肉上發出恐懼的冷汗。

這情景都有些可怕。固然有虧心事的人格外覺得鬼可怕，但是鬼出現的時候，燈光變色，也自有一種陰慘怕人的暗示。《馬克白》裡的班珂的鬼在宴會席間出現的樣子，搖著血漬的頭髮，使得馬克白神經錯亂，若應用近代舞台的技術以投影法表演出來，無疑的是很驚人的景象。

莎士比亞信鬼嗎？我們卻很難說。從表面上看，莎士比亞在作品裡常常描寫到鬼，穿插鬼的故事，頗使我們疑心莎士比亞也許是並未超出那時代的迷信。但是我們若更深一步考查，我們也可以發現莎士比亞作品的鬼完全是一種「戲劇的工具」。鬼，在莎士比亞劇中，永遠不是劇中的主要部分，永遠是使劇情更加明顯的方法，永遠是使觀眾愈加明瞭劇情的手段。鬼的出現，總是有因的。或是因了冤抑而要求報復，或是因了生前有藏鏹在地而出來呵護，或是因了將有不祥之事而預做朕兆。所以把鬼穿插到作品裡去，是一種藝術安排，不一定證明作者迷信。當然，莎士比亞若生於現代，他就許不寫這些鬼事了。

鬼，實在是弱者的心裡所造出來的。王充《論衡》所謂：「凡天地之間有鬼，非人死精神爲之也，皆人思念存想之所致也。」「人病則憂懼，憂懼見鬼出。」「畏懼則存想，存想則目虛見。」莎士比亞似乎也明白這一點道理。在《馬克白》裡，馬克白夫人一再的代表著健全的常識，點破她的丈夫的「憂懼見鬼出」的虛幻心理。馬克白所見的空中短刀，是恐懼的「描畫」。他所見的鬼也是如此。《魯克里斯的被姦》第四百六十行是最有意義的：「這些幻影都是弱者頭腦的僞造。」

——原載一九三六年七月十六日《論語》第九十二期

白貓王子

有一天菁清在香港買東西，抱著夾著拎著大包小籠的在街上走著，突然啪的一聲有物自上面墜下，正好打在她的肩膀上。低頭一看，毛茸茸的一個東西，還直動彈，原來是一隻黃鳥，不知是從什麼地方落下來的，黃口小雛，振翅乏力，顯然是剛學起飛而力有未勝。菁清勉強騰出手來，把牠放在掌上，牠身體微微顫動，睜著眼睛癡癡的望。她不知所措，丟下牠於心不忍。顏氏家訓有云：「窮鳥入懷，仁人所憫。」倉卒間亦不知何處可以買到鳥籠。因爲她正要到銀行去有事，就捧著牠進了銀行，把牠放在櫃台上面，行員看了奇怪，攀談起來，得知銀行總經理是一位愛鳥的人，他家裡用整間的房屋做鳥籠。當即把總經理請了出來，他欣然承諾把鳥接了過去。路邊孤雛總算有了最佳歸宿，不知如今羽毛豐滿了未？

有一天夜晚在台北，菁清在一家豆漿店消夜後步行歸家，瞥見一條很小的跛腳的野狗，一瘸一拐的在她身後亦步亦趨。跟了好幾條街。看牠瘦骨嶙嶙的樣子大概是久矣不知肉味，她買了兩個包子餵牠，狼吞虎嚥如風捲殘雲，索性又餵了牠兩個。從此牠就跟定了她，一直跟到家門口。她打開門進來，狗在門外用爪子撓門，大聲哭叫，牠也想進來。我們家在七層樓上，相當偪仄，不宜養犬。但是過了一小時再去探望，牠仍守在門口不去。無可奈何託一位朋友把牠抱走，以後下落就不明了。

以上兩樁小事只是前奏，眞正和我們結了善緣的是我們的白貓王子。

普通人家養貓養狗都要起個名字，叫起來方便，而且豢養的不止一隻，沒有名字也不便識別。我們的這隻貓沒有名字，我們就叫它貓咪或咪咪。白貓王子是菁清給牠的封號，凡是封號都不該輕易使用，沒有人把誰的封號整天價掛在嘴邊亂嚷亂叫的。

白貓王子到我們家裡來是很偶然的。

六十七年三月三十日，我的日記本上有這樣的一句：「菁清抱來一隻小貓，家中將從此多事矣。」緣當日夜晚，風狂雨驟，菁清自外歸來，發現一隻很小很小的小貓局局縮縮的蹲在門外屋簷下，身上溼漉漉的，叫的聲音細如游絲，她問左鄰右舍這是誰家的貓，都說不知道。於是因緣湊合，這隻小貓就成了我們家中的一員。

慚愧家中無供給，那一晚只能饗以一碟牛奶，像外國的小精靈撲克似的，牠把牛奶舐得一乾二淨，舐飽了之後牠用爪子洗洗臉，伸胳膊拉腿的倒頭便睡，眞是麤豪之至。我這才有機會端詳牠的小模樣。牠渾身雪白（否則怎能錫以白貓王子之嘉名？）兩個耳朵是黃的，腦頂上是黃的中間分頭路，尾巴是黃的。牠的尾巴可有一點怪，短短的而且是彎曲的，裡面的骨頭是彎的，永遠不能伸直。起初我們覺得這是畸形，也許是受了什麼傷害所致，後來聽獸醫告訴我們這叫做麒麟尾，一萬隻貓也難得遇到一隻有麒麟尾。麒麟是什麼樣子，誰也沒見過，不過圖畫中的麒麟確是卷尾巴，而且至少卷一兩圈。沒有麒麟尾，牠還稱得上是白貓王子麼？

在外國，貓狗也有美容院。我在街上隔著窗子望進去，設備堂皇，清潔而雅致，服務項目包括梳毛、洗澡、剪指甲以及馬殺雞之類。開發中的國家當然不至荒唐若是。第一樁事需要給我的小貓作的便是洗個澡。菁清問我怎個洗法，我也不知道。我只知道貓怕水，扔在水裡會淹死，所以必須乾洗。記得從前家裡洗羊毛襖的皮筩子，是用黃豆粉羼樟腦，在毛皮上乾搓，然後梳刷。想來對貓亦可如法炮製。黃豆粉不可得，改用麵粉，效果不錯。只是貓不知我們對牠要下什麼毒手，拚命抗拒，在一人按捺一人搓洗之下勉強竣事，我對鏡一看我自己幾乎像是「打麵缸」裡的大老爺！後來我們發現洗貓有專用的洗粉，不但洗得乾淨，而且香噴噴的。貓也習慣，察知我們沒有惡意，服服帖帖的讓菁清給牠洗，不需要我在一邊打下手了。

國人大部分不愛喝牛奶，我國的貓亦如是。小時候「有奶便是娘」，稍大一些便不是奶所能滿足。打開冰箱煮一條魚給牠吃，這一開端便成了例。小魚不吃，要吃大魚；陳魚不吃，要吃鮮魚；隔夜冰冷的膾魚不吃，要現煮的溫熱的才吃……。起先是什麼魚都吃，後來有挑有揀，現在則專吃新鮮的沙丁魚。獸醫說，餵魚要先除刺，否則鯁在喉裡要開刀，扎在胃裡要出血。記得從前在北平也養過貓，一天買幾個銅板的薰魚擔子上的豬肝，切成細末拌入飯中，貓吃得痛痛快快。大概現在時代不同了，好多人只吃菜不吃飯，貓也拒食碳水化合物了。可是饗以外國的貓食罐類以及開胃的貓零食，牠又覺得不對味口，別的可以洋化，吃則仍主本位文化。偶然給了牠一個茶葉蛋的蛋黃，牠頗爲欣賞，不過掰碎了牠不吃，牠要整個的蛋黃，用舌頭舐得團團轉，直到舐得無可再舐而後止。夜晚一點鐘街上賣茶葉蛋的老人沙啞的一聲「五香茶葉蛋」，牠便悚然以驚，豎起耳朵喵喵叫。鐵石心腸也只好披衣下樓買來給牠消夜。此外我們在外宴會總是不會忘記帶回一包烤鴨或炸雞之類作爲牠的打牙祭。

吃只是問題的一半，吃下去的東西會消化，消化之後賸餘的渣滓要排出體外，這問題就大了。白貓王子有四套衛生設備，樓上三套，樓下一套。貓比小孩子強得多，無須教就會使用牠的衛生設備。街上稍微偏僻一點的地方常見有人「腳向牆頭八字開」，紅磚道上星羅棋布的狗屎更是無人不知的。我們的貓沒有這種違警行爲，牠知道在什麼地方做什麼事。只是牠的潔癖相當煩人，四個衛生設備用過一次便需清理現場，換沙土，否則牠會嗚嗚的叫。不過這比起許多人用過馬桶而不沖水的那種作風似又不可同日而語。爲了保持清潔，我們在設備上裡裡外外噴射貓狗特用的除臭劑，牠表示滿意。

貓長得很快，食多事少，焉得不胖？運動器材如橡皮鼠、不倒翁、小布人，都玩過了。牠最感興趣的是乒乓球，在地毯上追逐翻滾身手矯健。但是牠漸漸發福了，先從腹部胖起，然後有了雙下巴頦，腦勺子後面起了一道肉輪。把乒乓球拋給牠，牠只在球近身時用爪子撥一下，像打高爾夫的大老爺之需要一個球僮。牠不到一歲，已經重到九公斤，抱著牠上下樓，像是抱著一個大西瓜。牠吃了睡，睡了吃，不作任何事——可是貓能做什麼呢？家裡沒有老鼠，所以牠無用武之地，好像牠不安於飽食終日無所用心的境界，於是偶爾抓蟑螂、抓蚰蜒、抓蒼蠅、抓蚊蚋。此外便是舐爪子抹臉了。

胖還不要緊，要緊的是春將來到，屋裡怕關不住牠。劃出陽台一部分，寬五呎長三十呎，圍以鐵欄干，可以容納幾十隻貓，晴朗之日牠在裡面可以曬太陽、可以觀街景。聽見遠處貓叫，牠就心驚。萬一我們照顧不到，牠衝出門外，牠是沒有法子能再回來的。我們失掉一隻貓，這打擊也許尚可承受，貓失掉了我們，便後果堪虞了。菁清和我商量了好幾次，拿不定主意。不是任其自然，便是動閹割手術。凡是有過任何動手術的經驗的人都該知道，非不得已誰也不願輕試。給貓行這種手術據說只要十五分鐘就行了。我們還是不放心，打電話問幾家獸醫院，都說是小手術，麻藥針都不必打，聞之駭然。最後問到「國際犬貓專醫院」辜泰堂獸醫師，他說當然要麻藥針，否則豈不痛死？我們這才下了決心，帶貓到醫院去。

貓裝進小籠，提著進入計程車，牠便開始慘叫，大概以爲是綁赴刑場。放在手術枱上便開始哀鳴，大概以爲是要行刑。其實是刑，是腐刑。動員四個人，才得完成手術，我躲在室外，但聞室內住院的幾隻貓狗齊鳴。事後抱回家裡，休養了約一星期，醫師出診兩次給牠拆線敷藥。此後貓就長得更快、更胖、更懶。關於這件事我至今覺得歉然，也許長痛不如短痛，可是我事前沒有徵求牠的同意。旋思世上許多事情都未經過同意——人來到世上，離開世上，可又徵求過同意？

有朋友看見我養貓就忠告我說，最好不要養貓。貓的壽命大概十五六年，牠也有生老病死。牠也會給人帶來悲歡離合的感觸。一切苦惱皆由愛生。所以最好是養魚，魚在水裡，人在水外，幾曾聽說過人愛魚，愛到摩牠、撫牠、抱牠、親牠的地步？養魚只消餵牠，伺候牠，隔著魚缸欣賞牠，看牠悠然而游，人非魚亦知魚之樂。一旦魚肚翻白，也不會有太多的傷痛。這番話是對的，可惜來得太晚了。白貓王子已成爲家裡的一分子，只是沒報戶口。

白貓王子的姿勢很多，平伸前腿昂首前視，有如埃及人面獅身像謎一樣的莊嚴神秘。側身臥下，弓腰拳腿，活像是一顆大蝦米。縮頸瞇眼，藏起兩隻前爪，又像是老僧入定。睡時常四腳朝天，露出大肚子作坦腹東床狀，睡醒伸懶腰，將背拱起，像駱駝。有時候牠枕著我的腿而眠，壓得我腿發麻。有時候躲在門邊牆角，露出半個臉，斜目而視，好像是逗人和牠捉迷藏。有時候又突然出人不意跳過來抱著我的腿咬——假咬。有時候體罰不能全免，菁清說不可以沒有管教，在毛厚肉多的地方打幾巴掌，立見奇效，可是牠會一兩天不吃飯，以背向人，菁清說是傷了牠的自尊。

據我所知，英國文人中最愛貓的是十八世紀的斯瑪特（Smart），是詩人也是瘋子。他的一首無韻詩〈大衛之歌〉第十九節第五十行起及整個的第二十節，都是描述他的貓喬佛萊。有幾部分寫得極好，例如：

上帝的光榮在東方剛剛出現，他即以他的方式去禮拜。
其方式是弓身七次，優美而迅速。
然後他跳起捉麝球，這是他求上帝賜給他的恩物。
他連翻帶滾的鬧著玩。
作完禮拜受了恩寵之後他開始照顧他自己。
他分爲十個步驟去做。
首先看看前爪是否乾淨。
第二是向後踢幾下以騰出空間。
第三是伸前爪欠身做體操。
第四是在木頭上磨他的爪。
第五是洗浴。
第六是浴罷翻滾。
第七是爲自己除蚤，以免巡遊時受窘。
第八是靠一根柱子摩擦身體。

第九是抬頭聽取指示。
第十是前去覓食。
……………
他是屬於虎的一族。
虎是天使，貓是小天使。
他有蛇的狡猾與噓噓聲，但他稟性善良能克制自己。
如吃得飽，他不做破壞的事，若未被犯他亦不唾。
上帝誇他乖，他做嗚嗚聲表示感謝。
他是爲兒童學習仁慈的一個工具。
沒有貓，每個家庭不完備，幸福有缺憾。

我們的白貓王子和英國的喬佛萊又有什麼兩樣？

六十八年三月三十日是貓來我家一週歲的紀念日，不可不飲宴，以爲慶祝。菁清一年的辛勞換來不少溫馨與樂趣，而獸醫師辜泰堂先生維護牠的健康，大德尤不可忘，乃肅之上座，酌以醴漿。我並且寫了一個小條幅送給他，文曰：

是乃仁心仁術
澤及小狗小貓

——六八、四、十二

爲什麼不說實話？

聽一個朋友說起一個有趣的故事，這是個老故事，但我是初次聽見，所以以爲有趣。他說：

有一家酒店，隔壁住著好幾個酒徒，酒徒竟偷酒喝，偷酒的方法是鑿壁成穴，以管入酒缸而吸飲之，輪流吸飲，每天夜晚習以爲常。酒店老闆初而驚訝酒漿損失之巨，繼而暗嘆酒徒偷飲技術之精，終乃思得報復之道。老闆不動聲色，入晚於置酒缸之處改置小便桶一，內中便溺洋溢，不可嚮邇。夜深人靜，酒徒又來吮飲，爭先恐後，欲解饞吻。甲盡力一吸，飽嘗異味，擠眉咧嘴，汩汩自喉而下，剛要聲張，旋思我若聲張，別人必不再來上當，我獨自吃虧，豈不太冤枉乎？有虧大家吃。於是甲連呼「好酒！好酒」而退，乙繼之，亦同樣上當，亦同樣不肯獨自上當，亦連呼「好酒！好酒」而退。丙丁戊己，循序而飲，以至於全體酒徒均得分潤。事畢環立，相視而笑。

我聽過這個故事之後，心裡有一點明白爲什麼有些人不肯說老實話。有些人寧願自己吃虧，寧願跟著別人吃虧，寧願套引別人跟著他吃虧，而也不願意把自己所實感的坦白直說出來。因爲說出來之後，別人就不再吃虧，而他自己就顯著特別委屈。別人和他同樣的吃虧，他就覺得有人陪著他吃虧了，不冤枉了。

我又想：萬一其中有一個心直口快，把老實話脫口而出，這個人將要受怎樣的遭遇呢？我想這個人是不受歡迎的，並且還要受到詛咒，尤其是那些已經飲過小便而貌做飲過醇釀的人必定要罵這個人是個呆瓜！

要下水，大家拖下水。誰也不說老實話。說老實話就是呆瓜！

這種心理，到處皆然，要不得！

——原載一九三八年十二月二十七日《中央日報・平明》，署名文茜

流行的謬論

有許多俚語俗諺，都是多少年下來的經驗與智慧累積鍛鍊而成。簡單的一句話，好像含著顛撲不破的眞理。所以在言談之間，常被摭引，有時候比古聖先賢的嘉言遺訓還更親切動人。由於時代變遷，曩昔的金言有些未必可以奉爲圭臬，有些即使仍在流行，事實上也已近於謬論。如要舉例，信手拈來就有下面幾條：

一、樹大自直

一個孩子，缺乏家教，或是父母溺愛，很易變成性情乖張，恣肆無禮，稍長也許還會沾染惡習，自甘墮落。常言道：「三歲看小，七歲看老。」悲觀的人就要認爲這個孩子沒有出息，長大了之後大概是敗家子或社會上的蠹蟲。有些人比較樂觀（包括大多數父母在內），卻另有想法：「沒關係，樹大自直。」「浪子回頭千金不換」的故事不是常有所聞的嗎？

樹大會不會都能自直，我懷疑。山水畫裡的樹很少是直的，多半是倚裡歪斜的，甚或是懸空倒掛的。「撫孤松而盤桓」。那孤松不歪不斜便很難去撫。景山上的那棵歪脖樹，是天造地設的投繯殉國的裝備，至今也沒有直起來。當然，山上的巨木神木都是直挺挺的矗立著的，一片片的杉木林全是棟樑之材，也沒有一棵是彎曲的。這些樹不是長大了才變直，是生來就是直的。堂前栽龍柏，若無木架扶持，早晚會東歪西倒。

浪子回頭的事是有的，但是不多，所以一有這種事情發生便被人傳誦，算是佳話。浪子而不回頭者則滔滔皆是，沒有人覺得值得齒及。沒出息的孩子變成有出息，我們可以舉出許多例子，而沒出息的孩子一直沒出息到底則如恆河沙數。

樹要修要剪，要扶要培。孩子也是一樣。彎了的樹不會自直，放縱壞了的孩子大概也不會自立。西諺有云：「捨不得用板子，便會縱壞了孩子。」約翰孫博士不完全反對體罰，孩子的行爲若是不正，在他身上肉厚的地方給幾巴掌，他認爲最是簡捷了當的處理方法。

二、蝨多不癢，債多不愁

晉王猛「捫蝨而言，旁若無人。」固然是名士風流，無視權勢。可是他的大布褂內長滿了體蝨（有無頭蝨陰蝨我們不知道），那分奇癢難熬，就是沒有多少經驗的人也會想像得出。嵇康與山巨源絕交，也自稱「性復多蝨，把搔無已。」作爲是不堪「裹以章服揖拜上官」的理由之一。若說蝨多不癢，天曉得！蝨不生則已，生則繁殖甚速，孵化很快，蝨愈多則愈癢，勢必非「倩痲姑癢處搔」不可。

對許多人而言，借貸是尋常事。初次向人告貸，也許帶有幾分忸怩，手心朝上，「口將言而囁嚅」。既貸到手，久不能償，心頭上不能不感到壓力，不愁才怪！債愈多則壓力愈大。債主逼上門來，無辭以對，處境尷尬，設若遇到索債暴徒，則不免當場掛彩。也許有人要說，近有以債養債之說，多方接納，廣開債源，債額愈大，則借貸愈易，於是由小債而變成大債，挹彼注此，左右逢源，最後由大債而變成呆帳，不了了之。殊不知這種缺德之事也不是人盡能爲，必其人長袖善舞而且寡廉鮮恥，隨時擔著風險，若說他心裡坦然，無憂無慮，恐亦不然。又有人說，逋不能償，則走爲上計。昔人有「債台高築」之說，所謂債台即是逃債之台。如今時代進步，欲逃債可以遠走高飛，到異鄉作寓公，不必自己高築債台，何愁之有？殊不知人非情急，誰也不願效狗急之跳牆。身在外邦，也要藏藏躲躲，見不得人，我猜想他的那種生活也不是一個愁字了得。

有蝨必癢，債多必愁。

三、老天爺餓不死瞎家雀兒

有人眞相信「天地之大德曰生」，對於一切有情之倫掙扎於瀕死邊緣好像是視若無覩。人間有無法餬口者，有生而殘障者，有遭逢饑饉，旱澇蝗災，輾轉溝壑者。他認爲不必著慌，「船到橋頭自然直」，冥冥之中似有主宰，到頭來大家都有飯吃。即使是一隻瞎家雀也不會活生生的餓死。

誰說的！我在寒冷的北方就不止一次看到家雀從簷角墜下，顯然的是飢寒交迫而死，不過我沒有去驗牠是否瞎的。我記得哈代有一首詩，題曰〈提醒者〉，大意是說他在耶誕前夕正在準備過一個快樂的夜晚，忽見窗外寒枝之上落著一隻小鳥，凍得直哆嗦，餓得啄食一個硬乾果，一下子墮下去像個雪球似的死了。他嘆道，我難得剛要快活一陣，你竟來提醒我生活的艱難困苦！這是典型的悲觀主義者哈代的一首小詩，他大概不知道我們的那句俗話「老天爺餓不死瞎家雀兒」。麻雀微細不足道，但是看看非洲在旱災籠罩之下，多少人都成了餓殍，白骨黃沙，慘不忍覩，是人謀不臧，還是天降鞠凶？人在情急的時候，無不呼天搶地，天地會一伸援手嗎？有些地方旱魃肆虐，忽然大雨滂沱，大家額手相慶，感謝上蒼，沒有想到雨水滋潤了乾土，蝗蟲的卵得以在地下孵化，不久就構成了蝗災。老天爺是何居心？

天生萬物，相剋相殺，沒有地方講理去，老天爺管不了許多。

四、好的開始便是成功的一半

這句話是從外語翻譯過來的，很多人常把這句話掛在嘴邊。未嘗不是一句善頌善禱的話，當事人聽了覺得很受用。但是再想一下，一個輝煌的開始便是百分之五十成功的保證，天下有這等便宜事？

《詩・大雅・蕩》：「靡不有初，鮮克有終。」是比較平實的說法。我們國人做事擅長的一手是「五分鐘熱氣」，在開始時候激昂慷慨，鋪張揚厲，好像是要雷厲風行，但是過不了多久，漸漸一切拋在腦後，雖然口裡高唱「貫徹始終」，事實上常是有始無終。

參加賽跑的人，起步固然要緊，但最後勝利卻繫於臨終的衝刺。最近看我們的一個球隊參加國際比賽，開始有板有眼，好一陣子一直領先，但是後繼無力，終落慘敗。好的開始似乎無關最後的成敗。

五、眼不見為淨

老早有人勸我別吃燒餅，說燒餅裡常夾有老鼠屎，我不信。後來我好奇，有一天掰開燒餅看看，赫然一粒老鼠屎在焉。「一粒老鼠屎攪亂一鍋粥！」從此我有了戒心，不敢常吃燒餅。偶然吃一次，必先掰開仔細看看。

有人笑我過分小心。他的理論是：我們每天吃的東西種類繁多，焉能一一親自檢視，大致不差也就是了，眼不見爲淨。人的肉眼本來所見有限，好多有毒的或無害的微生物都不是肉眼所能窺察得到的。眼見的未必淨，眼不見的也未必不淨。他這種說法好有一比，現代司法觀念之一是：凡嫌犯之未能證實其爲有罪之前，一律假設其爲無罪。食物未經化驗其爲不淨，似乎也可以認爲它是淨的。這種說法很危險，如果輕信眼不見爲淨，很可能吃下某些東西而受害不淺，重則致命，輕則纏綿病榻伏枕呻吟。

科學方法建設在幾項哲學假設上面，其中之一是假設物質乃普遍的一致。抽樣檢查之可靠性也是假設其全部品質都是一樣的。我們除了信賴科學檢驗之外別無選擇。俗語說：「過水爲淨。」不失爲可行，蔬菜水果之類多洗幾遍即可減除其中殘留的農藥。不過食物不是都可以水洗的。

「眼不見爲淨」之說固不可盲從，所謂「沒髒沒淨，吃了沒病」之說簡直是荒謬。

六、伸手不打笑臉人

笑臉是不常見的。常見的是面皮綳得緊緊的驢臉，可以刮下一層霜的冷臉，好像才吞了農藥下去的苦臉，睡眠不足的或是劬勞瘏悴的病臉，再不就是滿臉橫肉的兇臉。所以我們偶然看見一張笑臉，不由得不心生喜悅。那笑臉也許不是生自內心而自然流露，也許是爲了某種需要而強作笑顏。臉不必笑得像一朵花，只要面部肌肉稍爲放鬆，嘴角稍爲裂開一點，就會給人以相當的舒適感。我一向相信，笑臉是人際關係中可以通行無阻的安全證。即使人在盛怒之中，摩拳擦掌，但是不會去打一個笑臉人，他下不去手。

最近看了報上一則新聞，開始覺得笑臉並不一定能保障一個人的安全。賠笑臉有時還是免不了挨嘴巴，事屬常有，我所見的這條新聞卻不尋常。有一位不務正業而專走邪道的青年，有一天踉蹌的回家，狼狽的伏在案頭，一言不發。老母見狀，不禁莞爾。這一笑，不打緊，不知年輕人是誤會爲譏笑、訕笑，或是冷笑，他上去對準老母胸前就是一拳。老母應拳而倒，一命歸西！微微一笑引起致命的一拳。以後下文如何，不得而知。

人到了要伸手打人的時候，笑臉不但不足以禦強拳，而且可以召致殺身之禍。但願這是一條孤證。

七、吃一行，恨一行

「三百六十行，行行出狀元。」這是說職業不分上下，每一行範圍之內一個人只要努力，不愁不能出人頭地作到頂尖的位置。這也是勸勉人各就崗位奮鬥向上，不要一味的「這山望著那山高」。究竟行還是有高低，猶山之有高低。狀元與狀元不同。西瓜大王不能與鋼鐵大王比，餛飩大王也不能和煤油大王比。

每一行都有它的艱難困苦，其發展的路常是坎坷多舛的。投身到任何一個行當，只好埋頭苦幹。有人只看見和尚吃饅頭，沒看見和尚受戒，遂生羨慕別人之心，以爲自己這一行只有苦沒有樂，不但自己唉聲嘆氣，恨自己選錯了行，還會諄諄告誡他的子弟千萬別再做這一行。這叫做「吃一行，恨一行」。

造出「吃一行恨一行」這句話的人，其用心可能是勸勉大家安分守己，但是這句話也道出了無數人的無可奈何的心情。其實幹一行應該愛一行才對。因爲沒有一行沒有樂趣，至少一件工作之完滿的完成便是無上樂趣。很多知道敬業的人不但自己滿足於他的行當，而且教導他的子弟步武他的蹤跡，被人稱爲「克紹箕裘」，其間沒有絲毫恨意。

八、子不嫌母醜，狗不嫌家貧

狗是很聰明的動物，但不太聰明。乞丐拄著一根杖，提著一個缽，沿門求乞，一條瘦狗寸步不離的跟隨著他。得到一些殘羹剩飯，人與狗分而食之。但是狗不會離開他，不會看到較好的去處便去趨就，所以說狗不算太聰明，雖然牠有那麼一分義氣。

在兒女的眼光裡，母親應該是最美最可愛最可信賴最該受感激的一個人。人有醜的，母親沒有醜的。母親可以老，但不會醜。從前有一首很流行的兒歌〈烏鴉歌〉，記得歌詞是這樣的：「烏鴉烏鴉對我叫，烏鴉眞眞孝。烏鴉老了不能飛，對著小鴉啼。小鴉朝朝打食歸，打食歸來先餵母。『母親從前餵過我！』」這是藉烏鴉反哺來勸孝的歌，但是最後一句「母親從前餵過我」實在非常動人，沒有失去人性的人回想起「母親從前餵過我」，再聽了這句歌詞，恐怕沒有不心酸的。每個人大概都會爲了他的母親而感覺驕傲，誰會嫌他的母親醜？

「狗不嫌家貧，子不嫌母醜。」話沒有錯。不過嫌貧愛富恐怕是人之常情，不嫌家貧這分美譽恐怕要讓狗來獨享下去。子嫌母醜的例子也不是沒有。我就知道有兩個例子，無獨有偶。有兩位受過所謂「高等教育」的人，家裡延見賓客，照例有兩位衣服破敝的老婦捧茶出來，主人不予介紹，客人也就安然受之，以爲那個老嫗必是傭婦。久之才從側面打聽出來那老嫗乃主人之生母。主人嫌其老醜，有失體面，認爲見不得人，使之奉茶，廢物利用而已。

狗不嫌家貧，並未言過其實。子不嫌母醜，對越來越多的人有變爲謬論的可能。

輯二

雅舍談吃

西施舌

郁達夫一九三六年有〈飲食男女在福州〉一文，記西施舌云：

《閩小記》裡所說西施舌，不知道是否指蚌肉而言，色白而腴，味脆且鮮，以雞湯煮得適宜，長圓的蚌肉，實在是色香味形俱佳的神品。

案《閩小記》是清初周亮工宦遊閩垣時所作的筆記。西施舌屬於貝類，似蟶而小，似蛤而長，並不是蚌。產淺海泥沙中，故一名沙蛤。其殼約長十五公分，作長橢圓形，水管特長而色白，常伸出殼外，其狀如舌，故名西施舌。

初到閩省的人，嘗到西施舌，莫不驚爲美味。其實西施舌並不限於閩省一地。以我所知，自津沽青島以至閩台，凡淺海中皆產之。

清張燾《津門雜記》錄詩一首詠西施舌：

燈火樓台一望開，
放懷那惜倒金罍，
朝來飽噉西施舌，
不負津門鼓棹來。

詩不見佳，但亦可見他的興致不淺。

我第一次吃西施舌是在青島順興樓席上，一大碗清湯，浮著一層尖尖的白白的東西，初不知爲何物，主人曰是乃西施舌，含在口中有滑嫩柔軟的感覺，嘗試之下果然名不虛傳，但覺未免唐突西施。高湯汆西施舌，蓋僅取其舌狀之水管部分。若郁達夫所謂「長圓的蚌肉」，顯係整個的西施舌之軟體全入釜中。現下台灣海鮮店所烹製之西施舌即是整個一塊塊軟肉上桌，較之專取舌部，其精粗之差不可以道里計。郁氏盛譽西施舌之「色香味形」，整個的西施舌則形實不雅，豈不有負其名？

火腿

從前北方人不懂吃火腿，嫌火腿有一股陳腐的油膩澀味，也許是不善處理，把「滴油」一部分未加削裁就吃下去了，當然會吃得舌橋不能下，好像舌頭要黏住上膛一樣。有些北方人見了火腿就發怵，總覺得沒有清醬肉爽口。後來許多北方人也能欣賞火腿，不過火腿究竟是南貨，在北方不是頂流行的食物。道地的北方餐館作菜配料，絕無使用火腿，永遠是清醬肉。事實上，清醬肉也的確很好，我每次作江南遊總是攜帶幾方清醬肉，分餽親友，無不讚美。只是清醬肉要輸火腿特有的一段香。

火腿的歷史且不去談他。也許是宋朝大破金兵的宗澤於無意中所發明。宗澤是義烏人，在金華之東。所以直到如今，凡火腿必曰金華火腿。東陽縣亦在金華附近，《東陽縣志》云：「薰蹄，俗謂火腿，其實煙薰，非火也。醃曬薰將如法者，果勝常品，以所醃之鹽必台鹽，所薰之煙必松煙，氣香烈而善入，製之及時如法，故久而彌旨。」火腿製作方法亦不必細究，總之手續及材料必定很有考究。東陽上蔣村蔣氏一族大部分以製火腿為業，故「蔣腿」特為著名。

金華本地常不能吃到好的火腿，上品均已行銷各地。

我在上海時，每經大馬路，輒至天福市得熟火腿四角錢，店員以利刃切成薄片，瘦肉鮮明似火，肥肉依稀透明，佐酒下飯爲無上妙品。至今思之猶有餘香。

民國十五年冬，某日吳梅先生宴東南大學同仁於南京北萬全，予亦叨陪。席間上清蒸火腿一色，盛以高邊大瓷盤，取火腿最精部分，切成半寸見方高寸許之小塊，二三十塊矗立於盤中，純由醇釀花雕蒸至熟透，味之鮮美無與倫比。先生微酡，擊案高歌，盛會難忘，於今已有半個世紀有餘。

抗戰時，某日張道藩先生召飲於重慶之留春隖。留春隖是雲南館子。雲南的食物產品，無論是蘿蔔或是白菜都異常碩大，豬腿亦不例外。故雲腿通常均較金華火腿爲壯觀，脂多肉厚，雖香味稍遜，但是做叉燒火腿則特別出色。留春隖的叉燒火腿，大厚片烤熟夾麵包，豐腴適口，較湖南館子的蜜汁火腿似乎猶勝一籌。

台灣氣候太熱，不適於製作火腿，但有不少人仿製，結果不是粗製濫造，便是醃曬不足急於發售，帶有死屍味；幸而無屍臭，亦是一味死鹹，與「家鄉肉」無殊。逢年過節，常收到禮物，火腿是其中一色。即使可以食用，其中那根大骨頭很難剔除，運斤猛斫，可能砍得稀巴爛而骨尚未斷，我一見火腿便覺束手無策，廉價出售不失爲一辦法，否則只好央由菁清持往熟識商店請求代爲肢解。

有人告訴我，整隻火腿煮熟是有訣竅的。法以整隻火腿浸泡水中三數日，每日換水一二次，然後刮磨表面油漬，然後用鑿子挖出其中的骨頭（這層手續不易），然後用麻繩緊緊綑綁，下鍋煮沸二十分鐘，然後以微火煮兩小時，然後再大火煮沸，取出冷卻，即可食用。像這樣繁複的手續，我們哪得工夫？不如買現成的火腿吃（台北有兩家上海店可以買到），如果買不到，乾脆不吃。

有一次得到一隻真的金華火腿，瘦小堅硬，大概是收藏有年。菁清持往熟識商肆，老闆奏刀，砉的一聲，劈成兩截。他怔住了，鼻孔翕張，好像是嗅到了異味，驚叫：「這是道地的金華火腿，數十年不聞此味矣！」他嗅了又嗅不忍釋手，他要求把爪尖送給他，結果連蹄帶爪都送給他了。他說回家去要好好燉一鍋湯吃。

美國的火腿，所謂ham，不是不好吃，是另一種東西。如果是現烤出來的大塊火腿，表皮上烤出鳳梨似的斜方格，趁熱切大薄片而食之，亦頗可口，惟不可與金華火腿同日而語。「佛琴尼亞火腿」則又是一種貨色，色香味均略近似金華火腿，去骨者尤佳，常居海外的遊子，得此聊勝於無。

燒鴨

北平烤鴨，名聞中外。在北平不叫烤鴨，叫燒鴨，或燒鴨子，在口語中加一子字。

《北平風俗雜詠》嚴辰〈憶京都詞〉十一首，第五首云：

憶京都・塡鴨冠寰中

爛煮登盤肥且美，
加之炮烙製尤工。
此間亦有呼名鴨，
骨瘦如柴空打殺。

嚴辰是浙人，對於北平塡鴨之傾倒，可謂情見乎詞。

北平苦旱，不是產鴨盛地，惟近在咫尺之通州得運河之便，渠塘交錯，特宜畜鴨。佳種皆純白，野鴨花鴨則非上選。鴨自通州運到北平，仍需施以塡肥手續。以高粱及其他飼料揉搓成圓條狀，較一般香腸熱狗爲粗，長約四寸許。通州的鴨子師傅抓過一隻鴨來，夾在兩條腿間，使不得動，用手掰開鴨嘴，以粗長的一根根的食料蘸著水硬行塞入。鴨子要叫都叫不出聲，只有眨巴眼的分兒。塞進口中之後，用手緊緊的往下捋鴨的脖子，硬把那一根根的東西擠送到鴨的胃裡。塡進幾根之後，眼看著再塡就要撐破肚皮，這才鬆手，把鴨關進一間不見天日的小棚子裡。幾十百隻鴨關在一起，像沙丁魚，絕無活動餘地，只是盡量給予水喝。這樣關了若干天，天天扯出來塡，非肥不可，故名塡鴨。一來鴨子品種好，二來師傅手藝高，所以塡鴨爲北平所獨有。抗戰時期在後方有一家餐館試行塡鴨，三分之一死去，沒死的雖非骨瘦如柴，也並不很肥，這是我親眼看到的。鴨一定要肥，肥才嫩。

北平燒鴨，除了專門賣鴨的餐館如全聚德之外，是由便宜坊（即醬肘子鋪）發售的。在館子裡亦可吃烤鴨，例如在福全館宴客，就可以叫右邊鄰近的一家便宜坊送了過來。自從宣外的老便宜坊關張以後，要以東城的金魚胡同口的寶華春爲後起之秀，樓下門市，樓上小樓一角最是吃燒鴨的好地方。在家裡，打一個電話，寶華春就會派一個小利巴，用保溫的鉛鐵桶送來一隻才出爐的燒鴨，油淋淋的，燙手熱的。附帶著他還管代蒸荷葉餅蔥醬之類。他在席旁小桌上當眾片鴨，手藝不錯，講究片得薄，每一片有皮有油有肉，隨後一盤瘦肉，最後是鴨頭鴨尖，大功告成。主人高興，賞錢兩吊，小利巴歡天喜地稱謝而去。

塡鴨費工費料，後來一般餐館幾乎都賣燒鴨，叫做叉燒烤鴨，連悶爐的設備也省了，就地一堆炭火一根鐵叉就能應市。同時用的是未經塡肥的普通鴨子，吹凸了鴨皮晾乾一烤，也能烤得焦黃迸脆。但是除了皮就是肉，沒有黃油，味道當然差得多。有人到北平吃烤鴨，歸來盛道其美，我問他好在哪裡，他說：「有皮，有肉，沒有油。」我告訴他：「你還沒有吃過北平烤鴨。」

所謂一鴨三吃，那是廣告噱頭。在北平吃燒鴨，照例有一碗滴出來的油，有一副鴨架裝。鴨油可以蒸蛋羹，鴨架裝可以熬白菜，也可以煮湯打滷。館子裡的鴨架裝熬白菜，可能是預先煮好的大鍋菜，稀湯洸水，索然寡味。會吃的人要把整個的架裝帶回家裡去煮。這一鍋湯，若是加口蘑（不是冬菇，不是香蕈）打滷，滷上再加一勺炸花椒油，吃打滷麵，其味之美無與倫比。

燒羊肉

大家都知道北平月盛齋的醬羊肉醬牛肉，製作精良，名聞遐邇。其實夏季各處羊肉床子所賣的燒羊肉，才是一般市民所常享受的美味。月盛齋的出品雖然好，誰願老遠的跑到前門戶部街去買他一斤兩斤的肉？

燒羊肉和醬羊肉不同，味道不同，製法不同，吃法不同。醬羊肉是大塊羊肉燉得爛透，切片，冷食。燒羊肉完全不一樣。燒羊肉只有羊肉床子賣。所謂羊肉床子，就是屠宰售賣羊肉的店鋪，到了夏季附帶著於午後賣燒羊肉。店鋪全是回教人的生意，內外清潔，刷洗得一塵不染。大塊五花羊肉入鍋煮熟，撈出來，俟稍乾，入油鍋炸，炸到外表焦黃，再入大鍋加料加醬油燜煮，煮到呈焦黑色，取出切條。這樣的羊肉，外焦裡嫩，走油不膩。買燒羊肉的時候不要忘了帶碗，因爲他會給你一碗湯，其味濃厚無比。自己做抻條麵，用這湯澆上，比一般的牛肉麵要鮮美得多。正是新蒜上市的時候，一條條編成辮子的大蒜沿街叫賣，新蒜不比舊蒜，特別嫩脆。也正是黃瓜的旺季，切成條。大蒜黃瓜佐燒羊肉麵，美不可言。

離開北平，休想吃到像樣的羊肉。湖南館子的紅燒羊肉，沒有羊肉味，當然也就沒有羊肉特具的腥羶，同時也就沒有羊肉特具的香氣，而且連皮帶肉一起紅燒，北方佬看了一驚。有一天和一位旗籍朋友聊天，談起燒羊肉，惹得他眉飛色舞，涎流三尺。他說，此地既有羊肉，雖說品質甚差，然而何妨一試？他說做就做，不數日，喊我去嘗。果然有七八分相似，慰情聊勝於無，相與拊掌大笑。

獅子頭

獅子頭，揚州名菜。大概是取其形似，而又相當大，故名。北方飯莊稱之爲四喜丸子，因爲一盤四個。北方做法不及揚州獅子頭遠甚。

我的同學王化成先生，揚州人，幼失恃，賴姑氏扶養成人，姑善烹調，化成耳濡目染，亦通調和鼎鼐之道。化成官外交部多年，後外放葡萄牙公使歷時甚久，終於任上。他公餘之暇，常親操刀俎，以娛嘉賓。獅子頭爲其拿手傑作之一，曾以製作方法見告。

獅子頭人人會做，巧妙各有不同。化成教我的方法是這樣的——

首先取材要精。細嫩豬肉一大塊，七分瘦三分肥，不可有些許筋絡糾結於其間。切割之際最要注意，不可切得七歪八斜，亦不可剁成碎泥，其祕訣是「多切少斬」。挨著刀切成碎丁，越碎越好，然後略微斬剁。

次一步驟也很重要。肉裡不羼芡粉，容易碎散；加了芡粉，黏糊糊的不是味道。所以調好芡粉要抹在兩個手掌上，然後捏搓肉末成四個丸子，這樣丸子外表便自然糊上了一層芡粉，而裡面沒有。把丸子微微按扁，下油鍋炸，以丸子表面緊繃微黃爲度。

再下一步是蒸。碗裡先放一層轉刀塊冬筍墊底，再不然就橫切黃芽白作墩形數個也好。把炸過的丸子輕輕放在碗裡，大火蒸一個鐘頭以上。揭開鍋蓋一看，浮著滿碗的油，用大匙把油撇去，或用大吸管吸去，使碗裡不見一滴油。

這樣的獅子頭，不能用筷子夾，要用羹匙舀，其嫩有如豆腐。肉裡要加蔥汁、薑汁、鹽。願意加海參、蝦仁、荸薺、香蕈，各隨其便，不過也要切碎。

獅子頭是雅舍食譜中重要的一色。最能欣賞的是當年在北碚的編譯館同仁蕭毅武先生，他初學英語，稱之爲「萊陽海帶」，見之輒眉飛色舞。化成客死異鄉，墓木早拱矣，思之憮然！

核桃酪

玉華台的一道甜湯核桃酪也是非常叫好的。

有一年，先君帶我們一家人到玉華台午飯。滿滿的一桌，祖孫三代。所有的拿手菜都吃過了，最後是一大缽核桃酪，色香味俱佳，大家叫絕。先慈說：「好是好，但是一天要賣出多少缽，需大量生產，所以只能做到這個樣子，改天我在家裡試用小鍋製作，給你們嘗嘗。」我們聽了大爲雀躍。回到家裡就天天泥著她做。

我母親做核桃酪，是根據她爲我祖母做杏仁茶的經驗揣摹著做的。我祖母的早點，除了燕窩、薩其瑪、蓮子等之外，有時候也要喝杏仁茶。街上賣的杏仁茶不夠標準，要我母親親自做。雖是只做一碗，材料和手續都不能缺少，久之也就做得熟練了。核桃酪和杏仁茶性質差不多。

核桃來自羌胡，故又名胡桃，是張騫時傳到中土的，北方盛產。取現成的核桃仁一大捧，用沸水泡。司馬光幼時倩人用沸水泡，以便易於脫去上面的一層皮，而謊告其姊說是自己剝的，這段故事是大家所熟悉的。開水泡過之後要大家幫忙剝皮的，雖然麻煩，數量不多，頃刻而就。在館子裡據說是用硬毛刷去刷的！核桃要搗碎，越碎越好。

取紅棗一大捧，也要用水泡，泡到漲大的地步，然後煮，去皮，這是最煩人的一道手續。棗樹在黃河兩岸無處不有，而以河南靈寶所產爲最佳，棗大而甜。北平買到的紅棗也相當肥大，不似台灣這裡中藥店所賣的紅棗那樣瘦小。可是剝皮取棗泥還是不簡單。我們用的是最簡單的笨法，用小刀刮，刮出來的棗泥絕對不帶碎皮。

白米小半碗，用水泡上一天一夜，然後撈出來放在搗蒜用的那種較大的缸缽裡，用一根搗蒜用的棒棰（當然都要洗乾淨使不帶蒜味，沒搗過蒜的當然更好），盡力的搗，要把米搗得很碎，隨搗隨加水。碎米渣滓連汁倒在一塊紗布裡，用力擰，擰出來的濃米漿留在碗裡待用。

煮核桃酪的器皿最好是小薄銚。銚讀如弔。《正字通》：「今釜之小而有柄有流者亦曰銚。」銚是泥沙燒成的，質料像沙鍋似的，很原始，很粗陋，黑黝黝的，但是非常靈巧而有用，煮點東西不失原味，遠較銅鍋鐵鍋爲優，可惜近已淘汰了。

把米漿、核桃屑、棗泥和在一起在小薄銚裡煮，要守在一旁看著，防溢出。很快的就煮出了一銚子核桃酪。放進一點糖，不要太多。分盛在三四個小碗（蓮子碗）裡，每人所得不多，但是看那顏色，微呈紫色，棗香、核桃香撲鼻，喝到嘴裡黏糊糊的、甜滋滋的，眞捨不得一下子嚥到喉嚨裡去。

酸梅湯與糖葫蘆

夏天喝酸梅湯，冬天吃糖葫蘆，在北平是不分階級人人都能享受的事。不過東西也有精麤之別。琉璃廠信遠齋的酸梅湯與糖葫蘆，特別考究，與其他各處或街頭小販所供應者大有不同。

徐凌霄《舊都百話》關於酸梅湯有這樣的記載：

暑天之冰，以冰梅湯爲最流行，大街小巷，乾鮮果鋪的門口，都可以看見「冰鎭梅湯」四字的木檐橫額。有的黃地黑字，甚爲工緻，迎風招展，好似酒家的簾子一樣，使過往的熱人，望梅止渴，富於吸引力。昔年京朝大老，貴客雅流，有閒工夫，常常要到琉璃廠逛逛書鋪，品品骨董，考考版本，消磨長晝。天熱口乾，輒以信遠齋梅湯爲解渴之需。

信遠齋鋪面很小，只有兩間小小門面，臨街是舊式玻璃門窗，拂拭得一塵不染，門楣上一塊黑漆金字匾額，鋪內清潔簡單，道地北平式的裝修。進門右手方有黑漆大木桶一，裡面有一大白瓷罐，罐外周圍全是碎冰，罐裡是酸梅湯，所以名為冰鎮。北平的冰是從十剎海或護城河挖取藏在窖內的，冰塊裡可以看見草皮木屑，泥沙穢物更不能免，是不能放在飲料裡喝的。十剎海會賢堂的名件「冰碗」，蓮蓬桃仁杏仁菱角藕都放在冰塊上，食客不嫌其髒，眞是不可思議。有人甚至把冰塊放在酸梅湯裡！信遠齋的冰鎮就高明多了。因為桶大罐小冰多，喝起來涼沁脾胃。他的酸梅湯的成功祕訣，是冰糖多、梅汁稠、水少，所以味濃而釅。上口冰涼，甜酸適度，含在嘴裡如品純醪，捨不得下嚥。很少人能站在那裡喝那一小碗而不再喝一碗的。抗戰勝利還鄉，我帶孩子們到信遠齋，我准許他們能喝多少碗都可以。他們連盡七碗方始罷休。我每次去喝，不是為解渴，是為解饞。我不知道為什麼沒有人動腦筋把信遠齋的酸梅湯製為罐頭行銷各地，而一任「可口可樂」到處猖狂。

信遠齋也賣酸梅滷、酸梅糕。滷沖水可以製酸梅湯，但是無論如何不能像站在那木桶旁邊細啜那樣有味。我自己在家也曾試做，在藥鋪買了烏梅，在乾果鋪買了大塊冰糖，不惜工本，仍難如願。信遠齋掌櫃姓蕭，一團和氣，我曾問他何以仿製不成，他回答得很妙：「請您過來喝，別自己費事了。」

信遠齋也賣蜜餞、冰糖子兒、糖葫蘆。以糖葫蘆為最出色。北平糖葫蘆分三種。一種用麥芽糖，北平話是糖稀，可以做大串山裡紅的糖葫蘆，可以長達五尺多，這種大糖葫蘆，新年廠甸賣的最多。麥芽糖裹水杏兒（沒長大的綠杏），很好吃，做糖葫蘆就不見佳，尤其是山裡紅常是爛的或是帶蟲子屎。另一種用白糖和了黏上去，冷了之後白汪汪的一層霜，另有風味。正宗是冰糖葫蘆，薄薄一層糖，透明雪亮。材料種類甚多，諸如海棠、山藥、山藥豆、杏乾、葡萄、橘子、荸薺、核桃，但是以山裡紅為正宗。山裡紅，即山楂，北地盛產，味酸，裹糖則極可口。一般的糖葫蘆皆用半尺來長的竹籤，街頭小販所售，多染塵沙，而且品質粗劣。東安市場所售較為高級。但仍以信遠齋所製為最精，不用竹籤，每一顆山裡紅或海棠均單個獨立，所用之果皆碩大無疵，而且乾淨，放在墊了油紙的紙盒中由客攜去。

離開北平就沒吃過糖葫蘆，實在想念。近有客自北平來，說起糖葫蘆，據稱在北平這種不屬於任何一個階級的食物幾已絕跡。他說我們在台灣自己家裡也未嘗不可試做，台灣雖無山裡紅，其他水果種類不少，沾了冰糖汁，放在一塊塗了油的玻璃板上，送入冰箱冷凍，豈不即可等著大嚼？他說他製成之後將邀我共嘗，但是迄今尚無下文，不知結果如何。

芙蓉雞片

在北平，芙蓉雞片是東興樓的拿手菜。請先說說東興樓。東興樓在東華門大街路北，名爲樓其實是平房，三進又兩個跨院，房子不算大，可是間架特高，簡直不成比例，據說其間還有個故事。當初興建的時候，一切木料都已購妥，原是預備建築樓房的，經人指點，靠近皇城根兒蓋樓房有窺視大內的嫌疑，罪不在小，於是利用已有的木材改造平房，間架特高了。據說東興樓的廚師來自御膳房，所以烹調頗有一手，這已不可考。其手藝屬於煙台一派，格調很高。在北京山東館子裡，東興樓無疑的當首屈一指。

民國十五年夏，時昭瀛自美國回來，要設筵邀請同學一敘，央我提調，我即建議席設東興樓。彼時燕翅席一桌不過十六元，小學教師月薪僅三十餘元，昭瀛堅持要三十元一桌。我到東興樓吃飯，順便訂席。櫃上聞言一驚，曰：「十六元足矣，何必多費？」我不聽。開筵之日，珍錯雜陳，豐美自不待言。最滿意者，其酒特佳。我吩咐茶房打電話到長發叫酒，茶房說不必了，櫃上已經備好。原來櫃上藏有花雕埋在地下已逾十年，取出一罈，羼以新酒，斟在大口淺底的細瓷酒碗裡，色澤光潤，醇香撲鼻，生平品酒此為第一。似此佳釀，酒店所無。而其開價並不特昂，專為留待嘉賓。當年北京大館風範如此。預宴者吳文藻、謝冰心、瞿菊農、謝奮程、孫國華等。

北京飯館跑堂都是訓練有素的老手。剝蒜剝蔥剝蝦仁的小利巴，熬到獨當一面的跑堂，至少要到三十歲左右的光景。對待客人，親切周到而有分寸。在這一方面東興樓規矩特嚴。我幼時侍先君飲於東興樓，因上菜稍慢，我用牙箸在盤碗的沿上輕輕敲了叮噹兩響，先君急止我曰：「千萬不可敲盤碗作響，這是外鄉客粗魯的表現。你可以高聲喊人，但是敲盤碗表示你要掀桌子。在這裡，若是被櫃上聽到，就會立刻有人出面賠不是，而且那位當值的跑堂就要捲鋪蓋，眞個的捲鋪蓋，有人把門簾高高掀起，讓你親見那個跑堂扛著鋪蓋捲兒從你門前急馳而過。不過這是表演性質，等一下他會從後門又轉回來的。」跑堂待客要慇懃，客也要有相當的風度。

現在說到芙蓉雞片。芙蓉大概是蛋白的意思，原因不明，「芙蓉蝦仁」、「芙蓉干貝」、「芙蓉青蛤」皆曰芙蓉，料想是忌諱蛋字。取雞胸肉，細切細斬，使成泥。然後以蛋白攪和之，攪到融和成為一體，略無渣滓，入溫油鍋中攤成一片片狀。片要大而薄，薄而不碎，熟而不焦。起鍋時加嫩豆苗數莖，取其翠綠之色以為點綴。如灑上數滴雞油，亦甚佳妙。製作過程簡單，但是在火候上恰到好處則見功夫。東興樓的菜概用中小盤，菜僅蓋滿碟心，與湘菜館之長箸大盤迥異其趣。或病其量過小，殊不知美食者不必是饕餮客。

抗戰期間，東興樓被日寇盤據爲隊部。勝利後我返回故都，據聞東興樓移帥府園營業，訪問之後大失所望。蓋已名存實亡，無復當年手藝。菜用大盤，粗劣庸俗。

韭菜簍

韭菜是蔬菜中最賤者之一，一年四季到處有之。有一股強烈濃濁的味道，所以惡之者謂之臭，喜之者謂之香。道家列入五葷一類，與蔥蒜同科。但是事實上喜歡吃韭菜的人多，而且雅俗共賞。

有一年我在青島寓所後山坡閒步，看見一夥石匠在鑿石頭打地基，將近歇晌的時候，有人擔了兩大籠屜的韭菜餡醱麵餃子來，揭開籠屜蓋熱氣騰騰，每人伸手拿起一隻就咬，一陣風吹來一股韭菜味，香極了。我不由的停步，看他們狼吞虎嚥，大約每個人吃兩隻就夠了，因爲每隻長約半尺。隨後又擔來兩桶開水，大家就用瓢舀著吃。像是《水滸傳》中人一般的豪爽。我從未見過像這一群山東大漢之吃得那樣的淋漓盡致。

我們這裡街頭巷尾也常有人製賣韭菜盒子，大概都是山東老鄉。所謂韭菜盒子是油煎的，其實標準的韭菜盒子是乾烙的，不是油煎的。不過油煎得黃澄澄的也很好，可是通常餡子不大考究，粗老的韭菜葉子沒有細切，而且羼進粉絲或是豆腐渣什麼的，味精少不了。

中山北路有一家北方館（天興樓？）賣過一陣子比較像樣的韭菜盒子，乾烙無油，可是不久就關張了。天廚點心部的韭菜盒子是出名的，小小圓圓，而不是一般半月形，做法精細，材料考究，也是油煎的。

以上所說都是以韭菜餡爲標榜的點心。現在要說東興樓的韭菜簍。事實上是韭菜包子，而名曰簍，當然有其特點。麵醱得好，潔白無疵，沒有斑點油皮，而且捏法特佳，細褶匀稱，捏合處沒有麵疙瘩，最特別的是蒸出來盛在盤裡一個個的高壯聳立，不像一般軟趴趴的扁包子，底直徑一寸許，高幾達二寸，像是竹簍似的骨立挺拔。看上去就很美觀，我疑心是利用筒狀的模型。餡子也講究，粗大的韭菜葉一概捨去，專選細嫩部分細切，然後拌上切碎了的生板油丁。蒸好之後，脂油半融半呈晶瑩的碎渣，使得韭菜變得軟潤合度。像這樣的韭菜簍端上一盤，你縱然已有飽意，也不能不取食一兩個。

普通人家都會做韭菜簍，只是韭菜餡包子而已，眞正夠標準的韭菜簍，要讓東興樓獨步。

佛跳牆

佛跳牆的名字好怪。何物美味竟能引得我佛失去定力跳過牆去品嘗？我來台灣以前沒聽說過這一道菜。

《讀者文摘》（一九八三年七月分中文版）引載可叵的一篇短文〈佛跳牆〉，據她說佛跳牆「那東西說來眞罪過，全是葷的，又是豬腳，又是雞，又是海參、蹄筋，燉成一大鍋。……這全是廣告噱頭，說什麼這道菜太香了，香得連佛都跳牆去偷吃了。」我相信她的話，是廣告噱頭，不過佛都跳牆，我也一直的躍躍欲試。

同一年三月七日《青年戰士報》有一位鄭木金先生寫過一篇〈油畫家楊三郎祖傳菜名聞藝壇——佛跳牆耐人尋味〉，他大致說：「傳自福州的佛跳牆……在台北各大餐館正宗的佛跳牆已經品嘗不到了。……偶爾在一般鄉間家庭的喜筵裡也會出現此道台灣名菜，大都以芋頭、魚皮、排骨、金針菇爲主要配料。其實源自福州的佛跳牆，配料極其珍貴。楊太太許玉燕花了十多天閒工夫才能做成的這道菜，有海參、豬蹄筋、紅棗、魚刺、魚皮、栗子、香菇、蹄膀筋肉等十種昂貴的配料，先熬雞汁，再將去肉的雞汁和這些配料予以慢工出細活的好幾遍煮法，前後計時將近兩星期……已不再是原有的各種不同味道，而合爲一味。香醇甘美，齒頰留香，兩三天仍回味無窮。」這樣說來，佛跳牆好像就是一鍋煮得稀趴爛的高級大雜燴了。

北方流行的一個笑話，出家人吃齋茹素，也有老和尚忍耐不住想吃葷腥，暗中買了豬肉運入僧房，乘大眾入睡之後，納肉於釜中，取佛堂燃剩之蠟燭頭一罐，輪番點燃蠟燭頭於釜下燒之。恐香氣外溢，乃密封其釜使不透氣。一罐蠟燭頭於一夜之間燒光，細火久燜，而釜中之肉爛矣，而且酥軟味腴，迥異尋常。戲名之爲「蠟頭燉肉」。這當然是笑話，但是有理。

我沒有方外的朋友，也沒吃過蠟頭燉肉，但是我吃過「罈子肉」。罈子就是瓦缽，有蓋，平常做儲食物之用。罈子不需大，高半尺以內最宜。肉及佐料放在罈子裡，不需加水，密封罈蓋，文火慢燉，稍加冰糖。抗戰時在四川，冬日取暖多用炭盆，亦頗適於做罈子肉，以罈置定盆中，燒一大盆缸炭，坐罈子於炭火中而以灰覆炭，使徐徐燃燒，約十小時後炭未盡成燼而罈子肉熟矣。純用精肉，佐以蔥薑，取其不失本味，如加配料以筍爲最宜，因爲筍不奪味。

「東坡肉」無人不知。究竟怎樣才算是正宗的東坡肉，則去古已遠，很難說了。幸而東坡有一篇〈豬肉頌〉：

淨洗鐺，少著水，

柴頭竈煙燄不起。
待他自熟莫催他，
火候足時他自美。
黃州好豬肉，價錢如泥土，
貴者不肯食，貧者不解煮。
早晨起來打兩碗，
飽得自家君莫管。

看他的說法，是晚上煮了第二天早晨吃，無他祕訣，小火慢煨而已。也是循蠟頭燉肉的原理。就是罈子肉的別名吧？

一日，唐嗣堯先生招余夫婦飲於其巷口一餐館，云其佛跳牆值得一嘗，乃欣然往。小罐上桌，揭開罐蓋熱氣騰騰，肉香觸鼻。是否及得楊三郎先生家的佳製固不敢說，但亦頗使老饕滿意。可惜該餐館不久歇業了。我不是遠庖廚的君子，但是最怕做紅燒肉，因為我性急而健忘，十次燒肉九次燒焦，不但糟蹋了肉，而且燒毀了鍋，滿屋濃煙，鄰人以為是失了火。近有所謂電慢鍋者，利用微弱電力，可以長時間的煨煮肉類，對於老而且懶又沒有記性的人頗為有用，曾試烹近似佛跳牆一類的紅燒肉，很成功。

滿漢細點

北平的點心店叫做餑餑鋪。都有一座細木雕花的門臉兒，吊著幾個木牌，上面寫著「滿漢細點」什麼的。可是餑餑都藏在裡面幾個大盒子大櫃子裡，並不展示在外，而且也沒有什麼貨品價格表之類的東西。進得鋪內，只覺得乾乾淨淨，空空洞洞，香味撲鼻。

滿漢細點，究竟何者爲滿何者爲漢，現已分辨不清。至少從名稱看來，「薩其瑪」該是滿洲點心。我請教過滿洲旗人，據告薩其瑪是滿文的蜜甜之意，我想大概是的。這東西是油炸黃米麵條，像蜜供似的，但是很細很細，加上蜜拌勻，壓成扁扁的一大塊，上面撒上白糖和染紅了的白糖，再加上一層青絲紅絲，然後切成方形的塊塊。很甜，很軟和，但是很好吃。如今全國各處無不製售薩其瑪，塊頭太大太厚，麵條太粗太硬，蜜太少，名存實亡，全不對勁。

蜂糕也是北平特產，有黃白兩種，味道是一樣的。是用糯米粉調製蒸成，呈微細蜂窩狀，故名。質極鬆軟，微黏，與甜麵包大異其趣。內羼少許核桃仁，外裹以薄薄的豆腐皮以防黏著蒸器。蒸熱再吃尤妙，最宜病後。

花糕月餅是秋季應時食品。北方的翻毛月餅，並不優於江南的月餅，更與廣式月餅不能相比，不過其中有一種山楂餡的翻毛月餅，薄薄的小小的，我認爲風味很好，別處所無。大抵月餅不宜過甜，不宜太厚，山楂餡帶有酸味，故不覺其膩。至於花糕，則是北平獨有之美點，在秋季始有發售，有麤細兩品，有葷素兩味。主要的是兩片棗泥餡的餅，用模子製成，兩片之間夾列胡桃、紅棗、松子、縮葡之類的乾果，上面蓋一個紅戳子，貼幾片芫荽葉。清李靜山《都門彙纂》裡有這樣一首〈竹枝詞〉：

中秋才過近重陽，
又見花糕各處忙；
麵夾雙層多棗栗，
當筵題句傲劉郎。

一般餑餑鋪服務周到。我家小園有一架紫藤，花開纍纍，滿樹滿枝，乃摘少許，洗淨，送交餑餑鋪代製藤蘿餅，鮮花新製，味自不同。又紅玫瑰初放（西洋品種肥大而豔，但少香氣），亦常摘取花瓣，送交肆中代製玫瑰餅，氣味濃馥，不比尋常。

說良心話，北平餅餌除上述幾種之外很少令人懷念的。有人豔稱北平的「大八件」「小八件」，實在令人難以苟同。所謂大八件無非是油糕、蓼花、大自來紅、自來白等等，小八件不外是雞油餅、捲酥、綠豆糕、槽糕之類。自來紅自來白乃是中秋上供的月餅，餡子裡面有些冰糖，硬邦邦的，大概只宜於給兔兒爺吃。蓼花甜死人！綠豆糕噎死人！大八件小八件如果裝在盒子裡，那盒子也嚇人，活像一口小棺材，而木板尚未刨光。若是打個蒲包，就好看得多。

有所謂「缸撈」者，有人寫做「乾酪」，我不知究竟怎樣寫法。是圓餅子，中央微凸，邊微薄，無餡，上面常撒上幾許桂花，故稱桂花缸撈。探視婦人產後，常攜此為餽贈。此物鬆軟合度，味道頗佳，我一向喜歡吃，後來聽一位在外鄉開點心鋪的親戚說，此物乃是聚集簸籮裡的各種餑餑碎渣加水糅合再行烘製而成。然物美價廉不失為一種好的食品。「薄脆」也不錯，又薄又脆。都算是平民食物。

「茯苓餅」其實沒有什麼好吃，沾光茯苓二字。《淮南子》：「千年之松，下有茯苓。」是一種地下菌，生在山林中松根之下。李時珍說：「蓋松之神，靈之氣，伏結而成。」無端給它加上神靈色彩，於是乃入藥，大概吃了許有什麼神奇之效。北平前門大街正明齋所製伏苓餅最負盛名，從前北人南遊常攜此物餽贈親友。直到如今，有人從北平出來還帶一盒茯苓餅給我，早已脆碎堅硬不堪入口。即使是新鮮的，也不過是飛薄的兩片米粉糊烘成的餅，夾以黑糊糊的一些碎糖黑渣而已。

滿洲餑餑還有一品叫做「桌張」，俗稱餑餑桌子，是喪事人家常用的祭禮。半生不熟的白麵餅子，稍加一些糖，堆積起來一層層的有好幾尺高，放在靈前供台上的兩旁。凡是本家姑奶奶之類的親屬沒有不送餑餑桌子的，可壯觀瞻，不堪食用。喪事過後，棄之可惜，照例分送親友以及傭人小孩。我小時候遇見幾次喪事，分到過十個八個這樣的餑餑，童子無知，稱之爲「死人餑餑」，放在火爐口邊烤熟，啃起來也還不錯，比根本沒有東西吃好一些。清人得碩亭竹枝詞〈草珠一串〉有一首詠其事：

滿洲糕點樣原繁，
踵事增華不可言；
惟有桌張遺舊制，
幾同告朔餼羊存。

爆雙脆

爆雙脆是北方山東館的名菜。可是此地北方館沒有會做爆雙脆的。如果你不知天高地厚，進北方館就點爆雙脆，而該北方館竟也不知地厚天高硬敢應這一道菜，結果一定是端上來一盤黑不溜秋的死眉瞪眼的東西，一看就不起眼，入口也嚼不爛，令人敗興。就是在北平東興樓或致美齋，爆雙脆也是稱量手藝的菜，利巴頭二把刀是不敢動的。

所謂雙脆，是雞胗和羊肚兒，兩樣東西旺火爆炒，炒出來紅白相間，樣子漂亮，吃在嘴裡韌中帶脆，咀嚼之際自己都能聽到咯吱咯吱的響。雞胗易得，撿肥大者去裡，所謂去裡就是把附在上面的一層厚皮去掉。我們平常在山東館子叫「清炸胗」，總是附帶關照茶房一聲：「要去裡兒！」即因去了裡兒才能嫩。一般人不知去裡，嚼起來要吐核兒，不是味道。肚子是羊肚兒，而且是厚肥的肚領，而且是剝皮的肚仁兒，這才夠資格成為一脆。求羊肚兒而不可得，豬肚兒代替，那就遜色多了。雞胗和肚子都要先用刀劃橫豎痕，越細越好，目的是使油容易滲透而熱力迅速侵入，因為這道菜純粹是靠火候。兩樣東西不能一起過油炒。雞胗需時稍久，要先下鍋，羊肚兒若是一起下鍋，結果不是肚子老了就是雞胗不夠熟。這兩樣東西下鍋爆炒勾汁，來不及用鏟子翻動，必須端起鍋來把鍋裡的東西拋向半空中打個滾再落下來，液體固體一起掂起，連掂三五下子，熟了。這不是特技表演，這是火候必需的工夫。在旺火熊熊之前，熱油潑濺之際，把那本身好幾斤重的鐵鍋隻手耍那兩下子，沒有一點手藝行麼？難怪此地山東館，不敢輕易試做爆雙脆，一來材料不齊，二來高手難得。

談到這裡，想到北平的爆肚兒。

肚兒是羊肚兒，口北的綿羊又肥又大，羊胃有好幾部分：散淡、葫蘆、肚板兒、肚領兒，以肚領兒爲最厚實。館子裡賣的爆肚兒以肚領兒爲限，而且是剝了皮的，所以稱之爲肚仁兒。爆肚仁兒有三種做法：鹽爆、油爆、湯爆。鹽爆不勾芡粉，只加一些芫荽梗蔥花，清清爽爽。油爆要勾大量芡粉，黏黏糊糊。湯爆則是清湯汆煮，完全本味，蘸滷蝦油吃。三種吃法各有妙處。記得從前在外留學時，想吃的家鄉菜以爆肚兒爲第一。後來回到北平，東車站一下車，時已過午，料想家中午飯已畢，乃把行李寄存車站，步行到煤市街致美齋獨自小酌，一口氣叫了三個爆肚兒，鹽爆油爆湯爆，吃得我牙根清痠。然後一個清油餅一碗燴兩雞絲，酒足飯飽，大搖大擺還家。生平快意之餐，隔五十餘年猶不能忘。

燴銀絲也很可口。煮爛了的肚板兒切成細絲，燴出來顏色雪白。煮前一定要洗得乾淨才成。在家裡自己煮羊肚兒也並不難。除去草芽之後用鹽巴用力翻來翻去的搓，就可以搓得雪白，而且可以除去羶氣。整個羊胃，一律切絲，寬湯慢煮，煮爛為止。

東安市場及廟會等處都有賣爆肚兒的攤子，以水爆為限，而且草芽未除，煮出來烏黑一團，雖然也很香脆，只能算是平民食物。

薄　餅

古人有「春盤」之說。《通俗編・四時寶鑑》：「立春日，唐人作春餅生菜，號春盤。」春盤即後來所謂春餅。春天吃餅，好像各地至今仍有此種習俗。我所談的薄餅，專指北平的吃法，且不限於歲首。

薄餅需熱水和麵，開水更好，烙出來才能軟。兩張餅為一盒。兩塊麵糰上下疊起，中間抹上麻油，然後擀成薄餅，放在熱鍋上烙，火要微，不需加油。俟餅變色，中間凸起，翻過來再烙片刻即熟。取出撕開，但留部分相連，放在一邊用布蓋上，再繼續烙十盒二十盒。

薄餅是要捲菜吃的。菜分熟菜炒菜兩部分。

所謂熟菜就是從便宜坊叫來的蘇盤。有大小兩種，六十年前小者一圓，大者約二圓。漆花的圓盒子，盒子裡有一個大盤子，盤子上一圈扇形的十個八個木頭墩兒，中間一個小圓墩兒。每一扇形木墩兒擺一種切成細絲的熟菜，通常有下列幾種：

醬肘子

薰肘子（白肉薰得微黃）

大肚兒（豬的胃）

小肚兒（膀胱灌肉末芡粉松子）

香腸（羼有荳蔻素沙，香）

燒鴨

薰雞

清醬肉

爐肉（五花三層的烤肉，皮酥脆）

這些切成絲的肉，每樣下面墊著小方塊的肉，凸起來顯著飽滿的樣子。中間圓墩則是一盤雜和菜。這一個蘇盤很是壯觀。

家裡自備炒菜必不可少的是：攤雞蛋，切成長條；炒菠菜；炒韭黃肉絲；炒豆芽菜；炒粉絲。若是韭黃肉絲、粉絲、豆芽菜炒在一起便是「和菜」，上面蓋上一張攤雞蛋，便是所謂「和菜戴帽兒」了。

此外一盤蔥一盤甜麵醬，羊角蔥最好，細嫩。

吃的方法太簡單了，把餅平放在大盤子上，單張或雙張均可，抹醬少許，蔥數根，從蘇盤中每樣撿取一小箸，再加炒菜，最後放粉絲。捲起來就可以吃了。有人貪，每樣菜都狠狠的撿，結果餅小菜多，捲不起來，即使捲起來也豎立不起來。於是出餿招，捲餅的時候中間放一根筷子，豎起之後再把筷子抽出。那副吃相，下作！

餅吃過後，一碗「鑵兒湯」似乎是必需的。「鑵兒湯」和酸辣湯近似，但是不酸不辣，撲一個雞蛋在內就成了。加些金針木耳更好。

吃一回薄餅，餐桌上布滿盤碗，其實所費無多。我猶嫌其麻煩，乃常削減菜數，僅備一盤熟肉切絲，一盤攤雞蛋，一盤豆芽菜炒絲，一盤粉絲，名之曰「簡易薄」。每食簡易薄，兒輩輒歡呼不已，一個孩子保持一次吃七捲雙張的紀錄！

粥

我不愛吃粥。小時候一生病就被迫喝粥。因此非常怕生病。平素早點總是燒餅、油條、饅頭、包子，非乾物生噎不飽。抗戰時在外作客，偶寓友人家，早餐是一鍋稀飯，四色小菜大家分享。一小塊醬豆腐在碟子中央孤立，一小撮花生米疏疏落落的撒在盤子中，一根油條斬做許多碎塊堆在碟中成一小丘，一個完整的皮蛋在醬油碟裡晃來晃去。不能說是不豐盛了，但是乾噎慣了的人就覺得委屈，如果不算是虐待。

也有例外。我母親若是親自熬一小薄銚兒的粥，分半碗給我吃，我甘之如飴。薄銚（音吊）兒即是有柄有蓋的小沙鍋，最多能煮兩小碗粥，在小白爐子的火口邊上煮。不用剩飯煮，用生米淘淨慢煨。水一次加足，不半途添水。始終不加攪和，任它翻滾。這樣煮出來的粥，黏和，爛，而顆顆米粒是完整的，香。再佐以筍尖火腿糟豆腐之類，其味甚佳。

一說起粥，就不免想起從前北方的粥廠，那是慈善機關或好心人士施捨救濟的地方。每逢冬天就有不少鶉衣百結的人排隊領粥。「饘粥不繼」就是形容連粥都沒得喝的人。「饘」是稠粥，粥指稀粥。喝粥暫時裝滿肚皮，不能經久。喝粥聊勝於喝西北風。

不過我們也必須承認，某些粥還是滿好喝的。北方人家熬粥熟，有時加上大把的白菜心，俟菜爛再灑上一些鹽和麻油，別有風味。名為「菜粥」。若是粥煮好後取嫩荷葉洗淨鋪在粥上，粥變成淡淡的綠色，有一股荷葉的清香滲入粥內，是為「荷葉粥」。從前北平有所謂粥鋪，清晨賣「甜漿粥」，是用一種碎米熬成的稀米湯，有一種奇特的風味，佐以特製的螺絲轉兒炸麻花兒，是很別致的平民化早點，但是不知何故被淘汰了。還有所謂大麥粥，是沿街叫賣的平民食物，有異香，也不見了。

台灣消夜所謂「清粥小菜」，粥裡經常羼有紅薯，味亦不惡。小菜真正是小盤小碗，葷素俱備。白日正餐大魚大肉，消夜啜粥甚宜。

臘八粥是粥類中的綜藝節目。北平雍和宮煮臘八粥，據《舊京風俗志》，是由內務府主辦，驚師動眾，這一頓粥要耗十萬兩銀子！煮好先恭呈御用，然後分別賞賜王公大臣，這不是喝粥，這是招搖。然而煮臘八粥的風俗深入民間至今弗輟。我小時候喝臘八粥是一件大事。午夜才過，我的二舅爹爹（我父親的二舅父）就開始作業，搬出擦得鐙光大亮的大小銅鍋兩個，大的高一尺開外，口徑約一尺。然後把預先分別泡過的五穀雜糧如小米、紅豆、老雞頭、薏仁米，以及粥果如白果、栗子、胡桃、紅棗、桂圓肉之類，開始熬煮，不住的用長柄大杓攪動，防黏鍋底。兩鍋內容不太一樣，大的粗糙些，小的細緻些，以粥果多少為別。此外尚有額外精緻粥果另裝一盤，如瓜子仁、杏仁、葡萄乾、紅絲青絲、松子、蜜餞之類，準備臨時放在粥面上的。等到臘八早晨，每人一大碗，盡量加紅糖，唏哩呼嚕的喝個盡興。家家熬粥，家家送粥給親友，東一碗來，西一碗去，眞是多此一舉。剩下的粥，倒在大綠釉瓦盆裡，自然凝凍，留到年底也不會壞。自從喪亂，年年過臘八，年年有粥喝，興致未減，材料難求，因陋就簡，虛應故事而已。

餃子

「好吃不過餃子，舒服不過倒著。」這是北方鄉下的一句俗語。北平城裡的人不說這句話。因爲北平人過去不說餃子，都說「煮餑餑」，這也許是滿洲語。我到了十四歲才知道煮餑餑就是餃子。

北方人，不論貴賤，都以餃子爲美食。鐘鳴鼎食之家有的是人力財力，吃頓餃子不算一回事。小康之家要吃頓餃子要動員全家老少，和麵、擀皮、剁餡、包捏、煮，忙成一團，然而亦趣在其中。年終吃餃子是天經地義，有人胃口特強，能從初一到十五頓頓餃子，樂此不疲。當然連吃兩頓就告饒的也不是沒有。至於在鄉下，吃頓餃子不易，也許要在姑奶奶回娘家時候才能有此豪舉。

餃子的成色不同，我吃過最低級的餃子。抗戰期間有一年除夕我在陝西寶雞，餐館過年全不營業，我躑躅街頭，遙見鐵路旁邊有一草棚，燈火熒然，熱氣直冒，乃趨就之，竟是一間餃子館。我叫了二十個韮菜餡餃子，店主還抓了一把帶皮的蒜瓣給我，外加一碗熱湯。我吃得一頭大汗，十分滿足。

我也吃過頂精緻的一頓餃子。在青島順興樓宴會，最後上了一缽水餃，餃子奇小，長僅寸許，餡子卻是黃魚韭黃，湯是清澈而濃的雞湯，表面上還漂著少許雞油。大家已經酒足菜飽，禁不住誘惑，還是給吃得精光，連連叫好。

做餃子第一麵皮要好。店肆現成的餃子皮，鹼太多，煮出來滑溜溜的，咬起來韌性不足。所以一定要自己和麵，軟硬合度，而且要多醒一陣子。蓋上一塊溼布，防乾裂。擀皮子不難，久練即熟，中心稍厚，邊緣稍薄。包的時候一定要用手指捏緊。有些店裡夥計包餃子，用拳頭一握就是一個，快則快矣，煮出來一個個的麵疙瘩，一無是處。

餃子餡各隨所好。有人愛吃薺菜，有人怕吃茴香。有人要薄皮大餡，最好是一兜兒肉，有人願意多羼青菜。（有一位太太應邀吃餃子，咬了一口大叫，主人以爲她必是吃到了蒼蠅蟑螂什麼的，她說：「怎麼，這裡面全是菜！」主人大窘。）有人以爲豬肉冬瓜餡最好，有人認定羊肉白菜餡爲正宗。韭菜餡有人說香，有人說臭，天下之口並不一定同嗜。

冷凍餃子是不得已而爲之，還是新鮮的好。據說新發明了一種製造餃子的機器，一貫作業，整潔迅速，我尚未見過。我想最好的餃子機器應該是——人。

吃剩下的餃子，冷藏起來，第二天油鍋裡一炸，炸得焦黃，好吃。

豆腐

豆腐是我們中國食品中的瓌寶。豆腐之法，是否始於漢淮南王劉安，沒有關係，反正我們已經吃了這麼多年，至今仍然在吃。在海外留學的人，到唐人街雜碎館打牙祭少不了要吃一盤燒豆腐，方才有家鄉風味。有人在海外由於製豆腐而發了財，也有人研究豆腐而得到學位。

關於豆腐的事情，可以編寫一部大書，現在只是談談幾項我個人所喜歡的吃法。

涼拌豆腐，最簡單不過。買塊嫩豆腐，沖洗乾淨，加上一些蔥花，撒些鹽，加麻油，就很好吃。若是用紅醬豆腐的汁澆上去，更好吃。至不濟澆上一些醬油膏和麻油，也不錯。我最喜歡的是香椿拌豆腐。香椿就是莊子所說的「以八千歲為春，以八千歲為秋」的椿。取其吉利，我家後院植有一棵不大不小的椿樹，春發嫩芽，綠中微帶紅色，摘下來用沸水一燙，切成碎末，拌豆腐，有奇香。可是別誤摘臭椿，臭椿就是樗，《本草》李時珍曰：「其葉臭惡，歉年人或採食。」近來台灣也有香椿芽偶然在市上出現，雖非臭椿，但是嫌其太粗壯，香氣不足。在北平，和香椿拌豆腐可以相提並論的是黃瓜拌豆腐，這黃瓜若是冬天溫室裡長出來的，在沒有黃瓜的季節吃黃瓜拌豆腐，其樂也何如？比松花拌豆腐好吃得多。

「雞刨豆腐」是普通家常菜，可是很有風味。一塊老豆腐用鏟子在炒鍋熱油裡戳碎，戳得亂七八糟，略炒一下，倒下一個打碎了的雞蛋，再炒，加大量蔥花。養過雞的人應該知道，一塊豆腐被雞刨了是什麼樣子。

鍋搨豆腐又是一種味道。切豆腐成許多長方塊，厚薄隨意，裹以雞蛋汁，再裹上一層芡粉，入油鍋炸，炸到兩面焦，取出。再下鍋，澆上預先備好的調味汁，如醬油料酒等，如有蝦子羼入更好。略烹片刻，即可供食。雖然仍是豆腐，然已別有滋味。台北天廚陳萬策老闆，自己吃長齋，然喜烹調，推出的鍋搨豆腐就是北平作風。

沿街擔販有賣「老豆腐」者。擔子一邊是鍋竈，煮著一鍋豆腐，久煮成蜂窩狀，另一邊是碗匙佐料如醬油、醋、韭菜末、芝麻醬、辣椒油之類。這樣的老豆腐，自己在家裡也可以做。天廚的老豆腐，加上了鮑魚火腿等，身分就不一樣了。

擔販亦有吆喝「滷煮啊，炸豆腐！」者，他賣的是炸豆腐，三角形的，間或還有加上炸豆腐丸子的，煮得爛，加上些佐料如花椒之類，也別有風味。

民國十八九年之際，李璜先生宴客於上海四馬路美麗川（應該是美麗川菜館，大家都稱之爲美麗川），我記得在座的有徐悲鴻、蔣碧微等人，還有我不能忘的席中的一道「蠔油豆腐」。事隔五十餘年，不知李幼老還記得否。蠔油豆腐用頭號大盤，上面平鋪著嫩豆腐，一片片的像瓦甕然，整齊端正，黃澄澄的稀溜溜的蠔油汁灑在上面，亮晶晶的。那時候四川菜在上海初露頭角，我首次品嘗，詫爲異味，此後數十年間吃過無數次川菜，不曾再遇此一傑作。我揣想那一盤豆腐是擺好之後去蒸的，然後澆汁。

厚德福有一道名菜，嘗過的人不多，因爲非有特殊關係或情形他們不肯做，做起來太麻煩，這就是「羅漢豆腐」。豆腐搗成泥，加芡粉以增其黏性，然後捏豆腐泥成小餅狀，實以肉餡，和捏湯糰一般，下鍋過油，再下鍋紅燒，輔以佐料。羅漢是斷盡三界一切見思惑的聖者，焉肯吃外表豆腐而內含肉餡的丸子，稱之爲羅漢豆腐是有揶揄之意，而且也沒有特殊的美味，和「佛跳牆」同是噱頭而已。

凍豆腐是廣受歡迎的，可下火鍋，可做凍豆腐粉絲熬白菜（或酸菜）。有人說，玉泉山的凍豆腐最好吃，泉水好，其實也未必。凡是凍豆腐，味道都差不多。我常看到北方的勞苦人民，辛勞一天，然後拿著一大塊鍋盔，捧著一黑皮大碗的凍豆腐粉絲熬白菜，唏哩呼嚕的吃，我知道他自食其力，他很快樂。

鍋巴

抗戰時期後方餐館有一道菜名爲「轟炸東京」，實在就是蝦仁鍋巴湯。侍者一手端著一大碗油炸鍋巴，一手端著一小碗燴蝦仁，鍋巴放在桌上之後立即把燴蝦仁澆上去，滋拉一聲響，食客大悅，認爲這一聲響彷彿就是東京被轟炸了，心裡一高興，食慾頓開。有人說這個菜名取得無聊，取快一時，形同兒戲。也有人說，抗戰時期一切都該與抗戰有關，與抗戰無關的東西也要加上與抗戰有關的名義。這蝦仁鍋巴湯，命名爲轟炸東京，可以提高士氣，有什麼不好？難道你不想轟炸東京麼？聽說後來我們以德報怨結束抗戰之後，還有人一度改轟炸東京爲轟炸莫斯科呢。這且不談。鍋巴一定要炸得滾燙，燴蝦仁要同時做好，趁熱上桌。廚房和食桌不能距離太遠，侍者不能邁方步，要爭取時間，否則燴蝦仁澆上去悶無聲響，那就很洩氣了，事實上洩氣的場面較爲常見。

鍋巴，一稱鍋底飯。北人煮米半熟輒撈出置籠屜中蒸而食之，無所謂鍋巴。南人率皆用鍋煮米至熟爲止，因此鍋底有一層焦飯。焦飯特別香。《南史・潘綜傳》：「宋初，吳郡人陳遺，少爲郡吏，母好食鍋底飯，遺在役，恆帶一囊，每煮食，輒錄其焦以奉母。」以焦飯奉母，人稱爲純孝。鍋巴本身確是別有滋味，不必油炸。現在店肆出售的鍋巴乃大量製造，雪白的，炸得酥脆，包裝起來當做一種零食點心，非復往昔之鐺底飯了。

鍋巴湯不一定要澆以燴蝦仁，以我所知，口蘑鍋巴湯味乃更勝一籌。所謂口蘑是指張家口一帶出產的蘑菇，形狀與味道和香蕈冬菇不同。有人說，蒙古人吃牛羊肉，剩下的湯湯水水潑在樹根朽木之上，長出來的菌類便是口蘑，味道當然不同。但是也有人說，口蘑是牛馬糞溺滋養出來的。果如後說，口蘑豈非類似北平俗語所謂的「狗尿台」？我相信口蘑還是人工培植出來的，上什麼肥料就不得而知了。口蘑有大有小，愈小味愈濃，頂小的一種號稱口蘑丁，大小略如鈕釦，細小齊整，上面還帶著一層白霜，美觀極了。抗戰前夕，平綏路局長以專車邀我們幾個學界的朋友（有顧毓琇、吳景超夫婦、莊前鼎、楊伯屛及下走）遊大同雲岡，歸途經張家口小停，我以三十餘元買了半斤上好的道地的口蘑丁，那時候三十餘元就是小學教師一月的薪給。蘑菇丁很容易發開，用以製口蘑鍋巴湯或打滷作湯麵都是無上妙品。

時下常吃到的蝦仁鍋巴湯，往往鍋巴既不夠脆，蝦仁復加大量番茄醬，稠糊糊的一大碗，根本不像是湯，樣子惡劣。此地無口蘑，從外國來的朋友偶爾帶一包口蘑相贈，相當珍貴，但還不是口蘑丁，而且附帶著的細沙，洗十次八次也洗不乾淨，吃到嘴裡牙碜，味道也不夠濃厚。

〔附錄〕

談《雅舍談吃》

梁文薔

《雅舍談吃》出版於一九八五年，其中每篇文字都曾在報刊上發表過。爸爸每發表一篇文章必將剪報隨信附寄給我，讓我先睹為快。所以，等到文集出版時，我反而不去讀它，就束諸高閣了。

七個月前，爸爸溘逝。我晨昏思念，不得解脫，隨手取閱爸爸近年出版書籍。讀爸爸的文章聊可代替他永不再寫給我的家書。

今天一口氣把《雅舍談吃》讀完，引起我許多感觸。過去生活的點點滴滴，都成了辛酸的回憶。我想把這些瑣事記下來，算做對媽爸的懷念。

《雅舍談吃》的作者是梁實秋，內容的一半卻來自程季淑。這一點，我是人證。爸爸自稱是天橋的把式——「淨說不練」。「練」的人是媽媽。否則文中哪來那麼多的靈感以描寫刀法與火候？我們的家庭生活樂趣很大一部分是「吃」。媽媽一生的心血勞力也多半花在

「吃」上。所以，俚語「夜壺掉把兒——就剩了嘴兒啦！」是我們生活的寫照，也是自嘲。我們飯後，坐在客廳，喝茶閒聊，話題多半是「吃」。先說當天的菜餚，有何得失。再談改進之道。繼而抱怨菜場貨色不全。然後懷念故都的道地做法如何如何。最後浩嘆一聲，陷於綿綿的一縷鄉思。這樣的傍晚，媽媽爸爸兩人一搭一檔的談著，琴瑟和鳴，十分融洽。

我生不逢時，幼年適值八年抗戰。曾六年在平吃混合麵，兩年在渝吃平價米。勝利還鄉，不及三載，又倉皇南下。及至遷台，溫飽而已。赴美後，雖進「美食」，卻非美食。一生在「吃」一方面，與爸爸的經驗，迥然不同。但是「聽吃」的經驗卻很豐富。居美三十年，爸媽的家書中不厭其詳的報告宴客菜單，席間趣聞。並對我的烹調術時時加以指點。所以「讀吃」的機會亦很多。若把家書中「寫吃」的段落聚集起來，恐怕比《雅舍談吃》還厚哩！

媽爸談吃，引為樂事。以饞自豪。饞是不可抑止的大慾。爸爸認為饞表示身體健康，生命力強。無可厚非。媽爸常不惜工本，研究解饞之道。我想這是中國文化中很突出的一部分。

爸爸喜歡看孩子「撒歡兒」（意即縱情，為所欲為）。抗戰勝利後，自渝返平，爸爸問我，想吃什麼。我毫不遲疑的說「奶油栗子麵兒」。於是，爸爸帶我們去東安市場國強西餐館樓上，每人要了一大盤。食畢，爸爸說：「再來一盤，吃個夠！」我險些不能終席。那是我最後一次享受這道美味。現在的北平，已不是從前的北平了。「黃鶴高樓已搥碎，黃鶴仙人無所依」矣。

一九六三年，我自美歸寧，媽媽問我想吃什麼。我說：「如得鱔魚一盤，則不虛此行。」媽媽為了我這一句話，費盡心思，百般求購，親自下廚料理，做為歡迎「姑奶奶回娘家」的一道大菜。

不巧，鱔魚剛上桌，甫將就座，大快朵頤之時，門外來了獨行大盜王志孝。等到搶匪遁去，警察偵訊完畢，驚魂略定，想起吃飯，鱔魚已冷。媽媽沒有為這驚天動地的持槍行劫受驚，反而為了沒能及時享受鱔魚懊惱不已。

爸爸特別愛吃烤肉特有的那種煙薰火燎的野味。美國食物中唯一使他垂涎三尺的是美國烤肉(barbecue)。也許是因為美國烤肉類似北平的烤羊肉吧！爸爸晚年每次來美，我們必要盛大準備一次後院的烤肉。爸爸自己吃不多，但是看到家中壯丁們狼吞虎嚥，吃得杯盤狼藉，引為一樂。有一年，爸爸建議我用院中之松塔，加諸煤球上，以增松香。不知是松塔太潮，還是此松非彼松，沒能產生他在青島時「命兒輩到寓所後山，拾松塔盈筐，敷在炭上，松香濃郁」之效果。

爸爸對火腿品質要求甚高。一般台灣薰製之火腿，常被貶為有「死屍味」，視為下品。逢年過節，有人送禮，常有火腿一色，外表包裝美觀，但打開一看，或有蛆蟲蠢動，或有惡臭撲鼻，無法消受。但棄之又覺不忍。爸爸突生妙計，將之原封掛於牆外電線桿上，謂之「掛高竿」。片刻功夫，即被人取去。如是者數次。媽媽非常反對。爸爸則認為願者上鉤，不傷陰功。此為三十幾年前舊事。現在回想仍覺滑稽突梯。

美國的「佛琴尼亞火腿」甚得爸爸青睞，因其味正。製作方法類似中國古法。相傳是美印地安人所發明，後為白人因襲，相傳至今。炮製方法，自養豬起。豬飼料以花生及橡實(Acorn)為主。屠宰後，將後臀以鹽醃之，冷藏六週，將鹽洗去，塗滿胡椒，懸掛至乾。十天後煙薰。然後掛存一年，俟滿生綠黴，老化適度，即可上市。此法炮製之火腿，包裝亦有古風，用白布口袋包裹，上紮麻繩。高高掛起，識貨者趨之若鶩。近年發明「無骨維琴尼亞熟火腿」，骨、皮、肥肉一概除去，只留精肉，壓成一方，以電鋸切片，按磅購買，十分方便。這是爸爸最歡迎的禮物之一。

媽媽擅長做麵食，舉凡切麵、餃子、薄餅、發麵餅、包子、蔥油餅，以至「片兒湯」、「撥魚兒」都是拿手。做麵食最難的是麵糰的處理。媽媽和麵、醱麵全是藝術。每次加水分量，水溫高低，揉麵時間，加鹼多少，全無紀錄。一切靠觸覺、視覺、嗅覺、直覺而定。無怪乎訓練一個新傭人做飯需時經年。這種純藝術之烹調，經常成功。若有失誤，媽媽則怒氣沖天，引咎自責。其實還是滿好吃的，何必嘔氣！

爸爸在廚房，百無一用。但是吃餃子的時候，爸爸就會拋筆揮杖（麵杖），下廚助陣。

爸爸自認是擀皮專家。餃皮要「中心稍厚，邊緣稍薄」。這項原則，媽媽完全同意。但是厚薄程度，從未同意過。為此，每次均起勃谿。媽媽嫌爸爸的餃子皮中間過厚。我則從中調解，用掌將中心厚處壓平。我赴美後，不知道小小問題是如何解決的。爸爸下廚是玩票，喜歡用麵杖在麵板上敲打「咚，的咚咚，一咚咚」有板有眼，情趣盎然。若偶一掌杓，響杓之聲，震耳欲聾，全家大樂。

做麵食比做飯食費時費事。如果不用成品，為六口之家做一頓餃子，費時三五小時，不足為奇。飯後滿頭、滿臉、滿身、滿腳、滿桌、滿地的麵粉，自不在話下。自我赴美後三十年，沒做過餃子。改食簡易餛飩，採用現成皮，機絞肉。自進廚房到餛飩下鍋，一小時完工。餛飩湯也免了，改用白開水。小孩子怕燙，用自來水。桌上擺滿佐料，自由取用，自製高湯，皆大歡喜。這種毫無文化的吃法自為爸媽所不取。一九七二年接爸媽來美同住。衣、食、住、行、育、樂六項，惟「食」字自恃無法承歡。言明在先。爸媽心理早有準備。但一日三餐，積年累月，問題日趨嚴重。爸媽修養好，心疼我，從未表示過，我的少油多菜的營養餐難以下嚥。但是，我心裡有數。爸媽的飲食成為我心中一大負擔。兩年後，媽媽去世，我更為此事愧疚不已。美式生活，一人時間精力有限，廚娘乎？教授乎？園丁乎？保母乎？司機乎？……天下事，古難全。

媽媽故後，餃子對爸爸又多了一層意義。「今晚××請吃餃子。這又犯了我的忌諱。

因為我曾問過媽，若回台灣小住，妳最想吃什麼，她說自己包餃子吃。如今我每次吃餃子，就心如刀割。」這是一九七六年一月，爸爸信中的一段。往者已矣。不堪吃餃子的，豈止爸爸一人？

媽媽在抗戰勝利後，返平定居期間，曾在女青年會習烹調。家庭主婦學做菜，天經地義，誰也攔不住。這是媽媽婚後生活的一項重要獨立活動。爸爸在〈炸丸子〉一文中提到的蓑衣丸子，就是在這段期間學會的。

媽爸都喜歡吃「油大」（川語）。最可怕的莫過於北平燒鴨。皮下的那一股「水」，事實上是一口油！我每次回台，媽爸必享以燒鴨。我不忍掃興，但只能吃一、二片純皮和瘦肉，然後猛吃豆芽。媽媽做獅子頭要「七分瘦，三分肥」，韭菜簍的餡兒要「拌上切碎了的生板油丁。蒸好之後，脂油半融半凝，呈晶瑩的碎渣狀……」。我就是吃這種伙食長大的，讀《雅舍談吃》如重度童年。記得，我小時趁爸媽不注意時，就把那「晶瑩的碎渣」偷偷的扔掉。

爸爸形容吃熗活蝦、吞活蟹，嚇煞人。我記得家姊文茜即精於此道。我最無能，不但不敢吃任何會動的東西，連聽到螃蟹在籠屜中做臨死的掙扎，我亦不忍。再美佳餚也無心享受了。罪過！罪過！這並不是說，我比別人更有仁心，只是習慣問題。別人屠宰好的雞鴨魚肉，我是照吃無誤，並不傷感。

我在台大時讀農化系，主修食品化學，赴美後轉業營養學。對飲食自另有一套見解，與媽爸之「美食主義」格格不入。我所奉為圭臬的是營養保健。廚房操作，實行「新、速、實、簡」，與媽媽的「色、香、味、聲」四大原則，常背道而馳。爸爸雖半生放恣口腹之慾，到壯年患糖尿、膽石之後，卻從善如流。對運動，戒菸、酒，及營養學原理全盤接受。在實行上雖偶有困難，從整體上看來，其晚年之健康，實得益於中年以後生活方式之改善。

——原載七十七年六月二十六日《中國時報》人間副刊

・本文作者梁文薔女士，營養學教授，梁實秋先生次女公子。

輯三

雅舍談書

影響我的幾本書

我喜歡書，也還喜歡讀書，但是病嬾，大部分時間荒嬉掉了！所以實在沒有讀過多少書。年屆而立，才知道發憤，已經晚了。幾經喪亂，席不暇煖，像董仲舒三年不窺園，米爾頓五年隱於鄉，那樣有良好環境專心讀書的故事，我只有豔羨。多少年來所讀之書，隨緣涉獵，未能專精，故無所成。然亦間有幾部書對於我個人爲學做人之道不無影響。究竟哪幾部書影響較大，我沒有思量過，直到八年前有一天邱秀文來訪問我，她提出了這麼一個問題，她問我所讀之書有哪幾部使我受益較大。我略爲思索，舉出七部書以對，略加解釋，語焉不詳。邱秀文記錄得頗爲翔實，虧她細心的聯綴成篇，並以標題〈梁實秋的讀書樂〉，後來收入她的一個小冊《智者群像》，時報文化出版公司出版。最近聯副推出一系列文章，都是有關書和讀書的，編者要我也插上一腳，並且給我出了一個題目〈影響我的幾本書〉。我當時覺得自己好像是一個考生，遇到考官出了一個我不久以前作過的題目，自以爲駕輕就熟，寫起來省事，於是色然而喜，欣然應命。題目像是舊的，文字卻是新的。這便是我寫這篇東西的由來。

第一部影響我的書是《水滸傳》。我在十四歲進清華才開始讀小說，偷偷的讀，因爲那時候小說被目爲「閒書」，在學校裡看小說是懸爲厲禁的。但是我禁不住誘惑，偷閒在海甸一家小書鋪買到一部《綠牡丹》，密密麻麻的小字光紙石印本，晚上鑽在蚊帳裡偷看，也許近視眼就是這樣養成的。拋卷而眠，翌晨忘記藏起，查房的齋務員在枕下一摸，手到擒來。齋務主任陳筱田先生喚我前去應詢，瞪著大眼厲聲咤問：「這是嘛？」（天津話「嘛」就是「什麼」）隨後把書往地上一丟，說「去吧！」算是從輕發落，沒有處罰，可是我忘不了那被叱責的恥辱。我不怕，繼續偷看小說，又看了《肉蒲團》、《燈草和尚》、《金瓶梅》等等。這幾部小說，並不使我滿足，我覺得內容庸俗、粗糙、下流。直到我讀到《水滸傳》才眼前一亮，覺得這是一部偉大的作品，不愧金聖歎稱之爲第五才子書，可以和《莊》、《騷》、《史記》、《杜詩》並列。我一讀，再讀，三讀，不忍釋手。曾試圖默誦一百零八條好漢的姓名綽號，大致不差（並不是每一人物都栩栩如生，精采的不過五分之一，有人說每一個人都有特色，那是誇張）。也曾試圖蒐集香菸盒裡（是大聯珠還是前門？）一百零八條好漢的圖片。這部小說實在令人著迷。

《水滸》作者施耐庵在元末以賜進士出身，生卒年月不詳，一生經歷我們也不得而知。這沒有關係，我們要讀的是書。有人說《水滸》作者是羅貫中，根本不是他，這也沒有關係，我們要讀的是書。《水滸》有七十回本，有一百回本，有一百十五回本，有一百二十回本，問題重重；整個故事是否早先有過演化的歷史而逐漸形成的，也很難說；故事是北宋淮安大盜一夥人在山東壽張縣梁山泊聚義的經過，有多大部分與歷史符合有待考證。凡此種種都不是頂重要的事。《水滸傳》的主題是「官逼民反，替天行道。」一個個好漢直接間接的吃了官的苦頭，有苦無處訴，於是鋌而走險，逼上梁山，不是貪圖山上的大碗酒大塊肉。官，本來是可敬的。奉公守法公忠體國的官，史不絕書。可是一朝權在手便把令來行的貪汙枉法的官卻也不在少數。人踏上仕途，很容易被汙染，會變成為另外一種人，他說話的腔調會變，他臉上的筋肉會變，他走路的姿勢會變，他的心的顏色有時候也會變。「爾俸爾祿，民脂民膏。」過驕奢的生活，成特殊階級，也還罷了，若是為非作歹，魚肉鄉民，那罪過可大了。《水滸》寫的是平民的一般怨氣。不平則鳴，容易得到讀者的同情，有人甚至不忍深責那些非法的殺人放火的勾當。有人以終身不入官府為榮，怨毒中人之深可想。

較近的人民叛亂事件，義和團之亂是令人難忘的。我生於庚子後二年，但是清廷的糊塗，八國聯軍之肆虐，從長輩口述得知梗概。義和團是由洋人教士勾結官府壓迫人民所造成的，其意義和梁山泊起義不同，不過就其動機與行為而言，我憐其愚，我恨其妄，而又不能不寄予多少之同情。義和團不可以一個「匪」字而一筆抹煞。英國俗文學中之羅賓漢的故事，其劫強濟貧目無官府的遊俠作風之所以能贏得讀者的讚賞，也是因為它能伸張一般人的不平之感。我讀了《水滸》之後，我認識了人間的不平。

我對於《水滸》有一點極為不滿。作者好像對於女性頗不同情。《水滸》裡的故事對於所謂姦夫淫婦有極精采的描寫，而顯然的對於女性特別殘酷。這也許是我們傳統的大男人主義，一向不把女人當人，即使當作人也是次等的人。女人有所謂貞操，而男人無。《水滸》為人抱不平，而沒有為女人抱不平。這雖不足為《水滸》病，但是《水滸》對於欣賞其不平之鳴的讀者在影響上不能不打一點折扣。

第二部書該數《胡適文存》。胡先生生在我們同一時代，長我十一歲，我們很容易忽略其偉大，其實他是我們這一代人在思想學術道德人品上最為傑出的一個。我讀他的文存的時候，我尚在清華沒有卒業。他影響我的地方有三：

一是他的明白清楚的白話文。明白清楚並不是散文藝術的極致，卻是一切散文必須具備的起碼條件。他的文學改良芻議，現在看起來似嫌過簡，在當時是震聾發聵的巨著。他的白話文學史的看法，他對於文學（尤其是詩）的藝術的觀念，現在看來都有問題。例如他直到晚年還堅持的說律詩是「下流」的東西，駢四儷六當然更不在他眼裡。這是他的偏頗的見解。可是在五四前後，文章寫得像他那樣明白曉暢不枝不蔓的能有幾人？我早年寫作，都是以他的文字作為模仿的榜樣。不過我的文字比較雜亂，不及他的純正。

二是他的思想方法。胡先生起初倡導杜威的實驗主義，後來他就不彈此調。胡先生有一句話，「不要被別人牽著鼻子走！」像是給人的當頭棒喝。我從此不敢輕信人言。別人說的話，是者是之，非者非之，我心目中不存有偶像。胡先生曾爲文批評時政，也曾爲文對什麼主義質疑，他的幾位老朋友勸他不要發表，甚至要把已經發排的稿件擅自抽回，胡先生說：「上帝尚且可以批評，什麼人什麼事不可批評？」他的這種批評態度是可佩服的。從大體上看，胡先生從不侈言革命，他還是一個「儒雅爲業」的人，不過他對於往昔之不合理的禮教是不惜加以批評的。曾有人家裡辦喪事，求胡先生「點主」，胡先生斷然拒絕，並且請他閱看《胡適文存》裡有關「點主」的一篇文章，其人讀了之後翕然誠服。胡先生對於任何一件事都要尋根問柢，不肯盲從。他常說他有考據癖，其實也就是獨立思考的習慣。

三是他的認眞嚴肅的態度。胡先生說他一生沒寫過一篇不用心寫的文章，看他的文存就可以知道確是如此，無論多小的題目，甚至一封短札，他也是像獅子搏兔似的全力以赴。他在廬山偶然看到一個和尚的塔，他作了八千多字的考證。他對於《水經注》所下的功夫是驚人的。曾有人勸他移考證《水經注》的功夫去做更有意義的事，他說不，他說他這樣做是爲了要把研究學問的方法傳給後人。我對於《水經注》沒有興趣，胡先生的著作我沒有不曾讀過的，唯《水經注》是例外。可是他治學爲文之認眞的態度，是我認爲應該取法的。有一次他對幾個朋友說，寫信一定要註明年、月、日，以便查考。我們明知我們的函件將來沒有人會來研究考證，何必多此一舉？他說不，要養成這個習慣。我接受他的看法，年、月、日都隨時註明。有人寫信僅註月日而無年分，我看了便覺得缺憾。我譯莎士比亞，大家知道，是由於胡先生的倡導。當初約定一年譯兩本，二十年完成，可是我拖了三十年。胡先生一直關注這件工作，有一次他由台灣飛到美國，他隨身攜帶在飛機上閱讀的書包括《亨利四世下篇》的譯本。他對我說他要看看中譯的《莎士比亞》能否令人看得下去。我告訴他，能否看得下去我不知道，不過我是認眞翻譯的，沒有隨意刪略，沒敢潦草。他說俟全集譯完之日爲我舉行慶祝，可惜那時他已經不在了。

第三本書是白璧德的《盧梭與浪漫主義》。白璧德（Irving Babbitt）是哈佛大學教授，是一位與時代潮流不合的保守主義學者。我選過他的「英國十六世紀以後的文學批評」一課，覺得他很有見解，不但有我們前所未聞的見解，而且是和我自己的見解背道而馳。於是我對他發生了興趣。我到書店把他的著作五種一古腦兒買回來讀，其中最有代表性的是他的這一本《盧梭與浪漫主義》。他畢生致力於批判盧梭及其代表的浪漫主義，他鍼砭流行的偏頗的思想，總是歸根到盧梭的自然主義。有一幅漫畫諷刺他，畫他匍匐地面揭開被單窺探床下有無盧梭藏在底下。白璧德的思想主義，我在《學衡》雜誌所刊吳宓、梅光迪幾位介紹文字中已略爲知其一二，只是《學衡》固執的使用文言，對於一般受了五四洗禮的青年很難引起共鳴。我讀了他的書，上了他的課，突然感到他的見解平正通達而且切中時弊。我平夙心中蘊結的一些浪漫情操幾為之一掃而空。我開始省悟，五四以來的文藝思潮應該根據歷史的透視而加以重估。我在學生時代寫的第一篇批評文字〈中國現代文學之浪漫的趨勢〉就是在這個時候寫的。隨後我寫的〈文學的紀律〉、〈文人有行〉，以至於較後對於辛克萊《拜金藝術》的評論，都可以說是受了白璧德的影響。

白璧德對東方思想頗有淵源，他通曉梵文經典及儒家與老莊的著作。《盧梭與浪漫主義》有一篇很精采的附錄論老莊的〈原始主義〉，他認為盧梭的浪漫主義頗有我國老莊的色彩。白璧德的基本思想是與古典的人文主義相呼應的新人文主義。他強調人生三境界，而人之所以為人在於他有內心的理性控制，不令感情橫決。這就是他念念不忘的人性二元論。中庸所謂「天命之謂性，率性之謂道，修道之謂教」，孔子所說的「克己復禮」，正是白璧德所樂於引證的道理。他重視的不是élan vital（柏格森所謂的「創造力」）而是élan frein（克制力）。一個人的道德價值，不在於做了多少事，而是在於有多少事他沒有做。白璧德並不說教，他沒有教條，他只是堅持一個態度——健康與尊嚴的態度。我受他的影響很深，但是我不曾大規模的宣揚他的作品。我在新月書店曾經輯合《學衡》上的幾篇文字為一小冊印行，名為《白璧德與人文主義》，並沒有受到人的注意。若干年後，宋淇先生為美國新聞處編譯一本《美國文學批評》，其中有一篇是《盧梭與浪漫主義》的一章，是我應邀翻譯的，題目好像是〈浪漫的道德〉。三十年代左傾仁兄們魯迅及其他謚我為「白璧德的門徒」，雖只是一頂帽子，實也當之有愧，因為白璧德的書並不容易讀，他的理想很高也很難身體力行，稱爲門徒談何容易！

第四本書是叔本華的《雋語與鍼言》（*Maxims and Counsels*）。這位舉世聞名的悲觀哲學家，他的主要作品*The World as Will and Idea*我沒有讀過，可是這部零零碎碎的札記性質的書卻給我莫大的影響。

叔本華的基本認識是：人生無所謂幸福，不痛苦便是幸福。痛苦是眞實的，存在的，積極的；幸福則是消極的，並無實體的存在。沒有痛苦的時候，那種消極的感受便是幸福。幸福是一種心理狀態，而非實質的存在。基於此種認識，人生努力方向應該是盡量避免痛苦，而不是追求幸福，因爲根本沒有幸福那樣的一個東西。能避免痛苦，幸福自然就來了。

我不覺得叔本華的看法是詭辯。不過避免痛苦不是一件簡單的事，需要愼思明辨，更需要當機立斷。

第五部書是斯陶達的《對文明的反叛》（Lothrop Stoddard: *"The Revolt against Civilization"*）。這不是一部古典名著，但是影響了我的思想。民國十四年，潘光旦在紐約哥倫比亞大學念書，住在黎文斯通大廈，有一天我去看他，他順手拿起這一本書，竭力推薦要我一讀。光旦是優生學者，他不但贊成節育，而且贊成「普羅列塔利亞」少生孩子，優秀的知識分子多生孩子，只有這樣做，民族的品質才有希望提高。一人一票的「德謨克拉西」是不合理的，古希臘的「亞里士多克拉西」較近於理想。他推崇孔子，但不附和孟子的平民之說。他就是這樣有堅定信念而非常固執的一位學者。他鄭重推薦這一本書，我想必有道理，果然。

斯陶達的生平不詳，我只知道他是美國人，一八八三年生，一九五〇年卒，《對文明的反叛》出版於一九二二年，此外還有《歐洲種族的實況》（一九二四年）、《歐洲與我們的錢》（一九三二年）及其他。這本《對文明的反叛》的大意是：私有財產爲人類文明的基礎。有了私有財產的制度，然後人類生活型態，包括家庭的、社會的、政治的、經濟的各方面，才逐漸的發展而成爲文明。馬克斯與恩格斯於一八四八年發表的一個小冊子"*Manifest der Kommunisten*"聲言私有財產爲一切罪惡根源，要徹底的廢除私有財產制度，言激而辯。斯陶達認爲這是反叛文明，是對整個人類文明的打擊。

文明發展到相當階段會有不合理的現象，也可稱之爲病態。所以有心人就要想法改良補救，也有人就想像一個理想中的黃金時代，懸爲希望中的目標。《禮記・禮運》所謂的「大同」，雖然孔子說「大道之行也，與三代之英，丘未之逮也。」實則大同乃是理想世界，在堯舜時代未必實現過，就是禹、湯、文武周公的「小康之治」恐怕也是想當然耳。西洋哲學家如柏拉圖、如斯多亞派創始者季諾（Zeno）、如陶斯瑪・摩爾，及其他，都有理想世界的描寫。耶穌基督也是常以慈善爲教，要人共享財富。許多教派都不准僧侶自蓄財產。英國詩人柯律芝與騷賽（Coleridge and Southey）在一七九四年根據盧梭與高德文（Godwin）的理想居然想到美洲的賓夕凡尼亞去創立一個共產社區，雖然因為缺乏經費而未實現，其不滿於舊社會的激情可以想見。不滿於文明社會之現狀，是相當普遍的心理。凡是有同情心和正義感的人對於貧富懸殊壁壘分明的現象無不深惡痛絕。不過從事改善是一回事，推翻私有財產制度又是一回事。像一七九二年巴黎公社之引起恐怖統治就是一個極不幸的例子。至若以整個國家甚至以整個世界孤注一擲的做一個渺茫的理想的實驗，那就太危險了。文明不是短期能累積起來的，卻可毀滅於一旦。斯陶達心所謂危，所以寫了這樣的一本書。

第六部書是《六祖壇經》。我與佛教本來毫無瓜葛。抗戰時在北碚縉雲山上縉雲古寺偶然看到太虛法師領導的漢藏理學院，一群和尚在翻譯佛經，香煙繚繞，案積貝多樹葉帖帖然，字斟句酌，莊嚴肅穆。佛經的翻譯原來是這樣謹慎而神聖的，令人肅然起敬。知客法舫，彼此通姓名後得知他是《新月》的讀者，相談甚歡，後來他送我一本他作的《金剛經講話》，我讀了也沒有什麼領悟。三十八年我在廣州，中山大學外文系主任林文錚先生是一位狂熱的密宗信徒，我從他那裡借到《六祖壇經》，算是對於禪宗作了初步的接觸，談不上了解，更談不到開悟。在喪亂中我開始思索生死這一大事因緣。在六榕寺瞻仰了六祖的塑像，對於這位不識字而能頓悟佛理的高僧有無限的敬仰。

《六祖壇經》不是一人一時所作，不待考證就可以看得出來，可是禪宗大旨盡萃於是。禪宗主張不立文字，但闡明宗旨還是不能不借重文字。據我淺陋的了解，禪宗主張頓悟，說起來簡單，實則甚爲神祕。棒喝是接引的手段，公案是參究的把鼻。說穿了即是要人一下子打斷理性的邏輯的思維，停止常識的想法，驀然一驚之中靈光閃動，於是進入一種不思善不思惡無生無死不生不死的心理狀態。在這狀態之中得見自心自性，是之謂明心見性，是之謂言下頓悟。

有一次我在胡適之先生面前提起鈴木大拙，胡先生正色曰：「你不要相信他，那是騙人的！」我不作如是想。鈴木不像是有意騙人，他可能確是相信禪宗頓悟的道理。胡先生研究禪宗歷史十分淵博，但是他自己沒有做修持的功夫，不曾深入禪宗的奧祕。事實上他無法打入禪宗的大門，因爲禪宗大旨本非理性的文字所能解析說明，只能用簡略的象徵的文字來暗示。在另一方面，鈴木也未便以胡先生爲門外漢而加以輕蔑。因爲一進入文字辯論的範圍便必須使用理性的邏輯的方式才足以服人。禪宗的境界用理性邏輯的文字怎樣解釋也說不明白，須要自身體驗，如人飲水，冷暖自知。所以我看胡適鈴木之論戰根本是不必要的，因爲兩個人不站在一個層次上，一個說有鬼，一個說沒有鬼，能有結論麼？

我個人平夙的思想方式近於胡先生類型，但是我也容忍不同的尋求眞理的方法。《哈姆雷特》一幕二景，哈姆雷特見鬼之後對於來自威吞堡的學者何瑞修說：「宇宙間無奇不有，不是你的哲學全能夢想得到的。」我對於禪宗的奧祕亦作如是觀。《六祖壇經》是我最初親近的佛書，帶給我不少喜悅，常引我作超然的遐想。

第七部書是卡賴爾的《英雄與英雄崇拜》（Carlyle:*On Heroes Heroworship and the Heroic in History*）原是一系列的演講，刊於一八四一年。卡賴爾的文筆本來是汪洋恣肆，氣勢不凡，這部書因爲原是講稿，語氣益發雄渾，滔滔不絕的有雷霆萬鈞之勢。他所謂的英雄，不是專指搴旗斬將攻城略地的武術高超的戰士而言，舉凡卓越等倫的各方面的傑出人才，他都認爲是英雄，神祇、先知、國王、哲學家、詩人、文人都可以稱爲英雄，如果他們能做人民的領袖、時代的前驅、思想的導師。卡賴爾對於人類文明的歷史發展有一基本信念，他認爲人類文明是極少數的領導人才所創造的。少數的傑出人才有所發明，於是大眾跟進。沒有睿智的領導人物，渾渾噩噩的大眾就只好停留在渾渾噩噩的狀態之中。證之於歷史，確是如此。這種說法和孫中山先生所說「先知先覺、後知後覺、不知不覺。」若合符節。卡賴爾的說法，人稱之爲「偉人學說」（Great Man Theory）。他說政治的妙諦在於如何把有才智的人放在統治者的位置上去。他因此而大爲稱頌我們的科舉取士的制度。不過他沒注意到取士的標準大有問題，所取之士的品質也就大有問題。好人出頭是他的理想，他們憧憬的是賢人政治。他怕聽「拉平者」（Levellers）那一套議論，因爲人有賢不肖，根本不平等。儘管盡力拉平世間的不平等的現象，領導人才與人民大眾對於文明的貢獻究竟不能等量齊觀。

我接受卡賴爾的偉人學說，但是我同時強調偉人的品質。尤其是政治上的偉人責任重大，如果他的品質稍有問題，例如輕言改革，囿於私見，涉及貪婪，用人不公，立刻就會災及大眾，禍國殃民。所以我一面崇拜英雄，一面深厭獨裁。我願他澤及萬民，不願他成為偶像。卡賴爾不信時勢造英雄，他相信英雄造時勢。我想是英雄與時勢交相影響。卡賴爾受德國菲士特（Fichte）的影響，以為一代英雄之出世涵有「神意」（"divine idea"），又受喀爾文（Calvin）一派清教思想的影響，以為上帝的意旨在指揮英雄人物。這種想法現已難以令人相信。

第八部書是瑪克斯・奧瑞利斯（Marcus Aurelius Antoninus）的《沉思錄》（*"Meditations"*），這是西洋斯托亞派哲學最後一部傑作，原文是希臘文，但是譯本極多，單是英文譯本自十七世紀起至今已有二百多種。在我國好像注意到這本書的人不多。我在民國四十八年將此書譯成中文，由協志出版公司印行。作者是一千八百多年前的羅馬帝國的皇帝，以皇帝之尊而成為苦修的哲學家，並且給我們留下這樣的一部書眞是奇事。

斯托亞派哲學涉及三個部門：物理學、論理學、倫理學。這一派的物理學，簡言之，即是唯物主義加上汎神論，與柏拉圖之以理性概念為唯一眞實存在的看法正相反。斯托亞派認為只有物質的事物才是眞實的存在，但是物質的宇宙之中遍存著一股精神力量，此力量以不同的形勢出現，如人，如氣，如精神，如靈魂，如理性，如主宰一切的原理皆是。宇宙是神，人所崇奉的神祇只是神的顯示。神話傳說全是寓言。人的靈魂是從神那裡放射出來的，早晚還要回到那裡去。主宰一切的神聖原則即是使一切事物為了全體利益而合作。人的至善的理想即是有意識的為了共同利益而與天神合作。至於這一派的論理學則包括兩部門，一是辯證法，一是修辭學，二者都是思考的工具，不太重要。瑪克斯最感興趣的是倫理學。按照這一派哲學，人生最高理想是按照宇宙自然之道去生活。所謂「自然」不是任性放肆之意，而是上面說到的宇宙自然。人生除了美德無所謂善，除了罪行無所謂惡。美德有四：一為智慧，所以辨善惡；二為公道，以便應付一切悉合分際；三為勇敢，藉以終止痛苦；四為節制，不為物慾所役。人是宇宙的一部分，所以對宇宙整體負有義務，應隨時不忘本分，致力於整體利益。有時自殺也是正當的，如果生存下去無法善盡做人的責任。

《沉思錄》沒有明顯的提示一個哲學體系，作者寫這本書是在做反省的功夫，流露出無比的熱誠。我很嚮往他這樣的近於宗教的哲學。他不信輪迴不信往生，與佛說異，但是他對於生死這一大事因緣卻同樣的不住的叮嚀開導。佛圓寂前，門徒環立，請示以後當以誰為師，佛說：「以戒為師。」戒為一切修行之本，無論根本五戒、沙彌十戒、比丘二百五十戒，以及菩薩十重四十八輕之性戒，其要義無非是克制。不能持戒，還說什麼定慧？佛所斥為外道的種種苦行，也無非是戒的延伸與歪曲。斯托亞派的這部傑作坦示了一個修行人的內心了悟，有些地方不但可與佛說參證，也可以和我國傳統的「天行健，君子以自強不息」以及「克己復禮」之說相印證。

英國十七世紀劇作家范伯魯（Vanbrugh）的〈舊病復發〉（*Relapse*）裡有一個愚蠢的花花大少浮平頓爵士（Lord Foppington），他說了一句有趣的話：「讀書乃是以別人腦筋製造出的東西以自娛。我以爲有風度有身分的人可以憑自己頭腦流露出來的東西而自得其樂。」書是精神食糧。食糧不一定要自己生產，自己生產的不一定會比別人生產的好。而食糧還是我們必不可或缺的，書像是一股洪流，是多年來多少聰明才智的人點點滴滴的匯集而成，很難得有人能毫無憑藉的立地湧現出一部書。讀書如交友，也靠緣分，吾人有緣接觸的書各有不同。我讀書不多，有緣接觸了幾部難忘的書，有如良師益友，獲益非淺，略如上述。

漫談翻譯

翻譯可以說不是一門學問，也不是一種藝術，只是一種服務。從前外國人來到中國觀光，不通中國語，常僱用一名略通洋涇濱英語的人權充舌人，俗稱之爲馬路翻譯。做馬路翻譯也不容易，除了會說幾句似通非通的句法不完整的蹩腳英語之外，還要略通洋人心理，揀一些洋人感興趣的事物譯給他聽。爲了賺幾個錢餬口，在馬路上奔波。這也算是一種服務。

較高級的舌人，亦即古時所謂的通譯官，「能達異方之志，象胥之官也。」南方曰象，北方曰譯。象胥即是司譯事的官吏。如今我們也還有翻譯官，政府招待外國貴賓的時候，居間總有一位翻譯官。外國人講演，有時候也有人擔任翻譯。這種口頭翻譯殊非易事，尤其是事前若未看過底稿，更難達成準確迅速的通譯的任務，必其人頭腦非常靈活，兩種語文都有把握才成。

學術著作與文藝作品的翻譯屬於另一階層，作此種翻譯，無須跑馬路，無須立即達成任務，可以從容推敲。雖然也是服務，但是很不輕鬆。有些作品在文字方面並不容易了解，或是文字古老，或是典故太多，或是涉及方言，或是意義晦澀，都足以使譯者繞室徬徨，搔首踟躕。譯者不一定有學問，但是要了解原著的一字一句，不能不在落筆之前多多少少做一點探討的功夫。有時候遇到版本問題，發現異文異義，需要細心校勘，當機立斷。所以譯者不是學者，而有時被情勢所迫，不得不接近於學者治學態度的邊緣。否則便不是良好的服務。凡是藝術皆貴創造，翻譯不是創造。翻譯是把別人的東西，咀嚼過後，以另一種文字再度發表出來，也可說是改頭換面的複製品。然而在複製過程之中，譯者也需善於運用相當優美的文字來表達原著的內容與精神，這就也像是創造了，雖然是依據別人的創造作為固定的創造素材。所以說翻譯不是藝術而也饒有一些藝術的風味。

在文化演進中，翻譯是一項重要的工作。因爲翻譯幫助宏揚本國的文化，擴展思想的範圍，同時引進外國的思潮和外國的文藝，刺激本國的作家學者。我們中國古時有一偉大的翻譯運動，佛經的翻譯，其規模之大無與倫比。由於一些西域的高僧東來傳教，兼作翻譯，如漢明帝時之竺法蘭在洛陽白馬寺與迦葉摩騰合譯《四十二章經》，又自譯《佛本生經》第五部十三卷，是爲翻譯之始。西晉竺法護譯經一百七十五部，三百五十四卷，多爲大乘佛典。而後秦的鳩摩羅什，南北朝之眞諦，與唐之玄奘合稱爲中國佛教之三大翻譯家，以玄奘之功績最爲艱苦卓絕。玄奘發願學佛，間關萬里，歸國後譯出經論七十五部，一千三百三十五卷，譯筆謹嚴，蔚爲大觀。佛經翻譯不僅宏揚了佛法，對一般知識文藝階層亦發生很大影響。其所以發生這樣效果，固由於譯者之宗教的熱誠，政府之獎掖輔助亦為主要因素。佛經的翻譯一向被視為神聖的事業。每譯一經，有人主譯，有人襄助。直到晚近，仍帶有濃厚莊嚴的宗教色彩。抗戰時期，我曾遊四川北碚縉雲山，山上有縉雲寺，寺中有太虛法師主持之漢藏理學院，殿堂內有鐘磬聲，僧眾跪蒲團上，紅衣黃衣喇嘛三數輩穿梭其間，燭光熒然。余甚異之，詢諸知客僧法舫，始知眾僧正在開始翻譯工作，從藏文佛典譯為漢文。那種虔誠愼重的態度實在令人敬佩。因思唐人所撰《一切經音義》所表現對於佛經譯事之認眞的態度，也是不可及的。

晚清西學東漸，翻譯乃成為波瀾壯闊的一個運動。當時翻譯名家以嚴幾道與林琴南為巨擘。嚴幾道譯《天演論》、《原富》、《群學肄言》、《法意》、《穆勒名學》等書共九種，雖然對於國家社會的進步究有多少具體貢獻很難論定，對當時知識分子的影響是不容否認的。（胡適先生就是引「適者生存」之意而命名的。）他又提出了「信、達、雅」的翻譯標準，直到如今還有不少人奉為圭臬。可惜的是，他用文言翻譯，而又力求精簡，不類翻譯，反似大作其古文，例如「大宇之內，質力相推，非質無以見力，非力無以呈質。」以這樣的句子來說明「天演」，文字非不簡潔，聲調非不鏗鏘，但是要一般讀者通曉其義恐非易事。西洋社會科學的名著，大多本非簡明易曉之作，句法細膩，子句特多，譯為中文，很費心思，如果再要加上古文格調，難上加難。嚴氏從事翻譯，選材甚精，大部分皆西洋之近代名著，譯事進行亦極嚴肅，但是嚴氏譯作如今恐怕只好束之高閣，供少數學者偶爾作為研究參考之用。林琴南的貢獻是在小說翻譯方面。所譯歐美小說達一百七十餘種之多。以數量言，無有出其右者。他的最大短處是他自己不諳外文，全憑舌人口述隨意筆寫，所謂「耳受手追，聲已筆止。」這樣的譯法，如何能銖兩悉稱的表達原作的面貌與精神？再則他自己不懂外國文學，所譯小說常爲二三流以下之作品，殊少翻譯之價值。他的文言文，固是不錯，鼓起國人對小說之興趣，其功亦不在小。

白話文運動勃發以後，翻譯亦頗盛行。惟嫌凌亂，殊少有計畫的翻譯，亦少態度謹嚴的翻譯。許多俄法文等歐洲小說是從英日文轉譯的。翻譯本來對於原著多少有稀釋作用，把原文的意義和風味沖淡不少，如今再從日文英文轉譯，其結果如何不難想像。作爲蘇俄共黨宣傳工具者，如魯迅先生所編譯之「文藝政策」等一系列的「硬譯」，更無論矣。

四十幾年來值得一提的翻譯工作的努力應該是胡適先生領導的「翻譯委員會」，隸屬「中華文化基金董事會」。有胡先生的領導，有基金會的後盾。所以這個委員會做了一些工作，所譯作品偏重哲學與文學，例如培根的《新工具》，《哈代小說全集》，《莎士比亞全集》，希臘戲劇等凡數十種。惜自抗戰軍興，其事中輟。

「國立編譯館」，顧名思義，應該兼顧編與譯，但事實上所謂編，目前僅是編教科用書，所謂譯則自始即是於編譯科學名詞外偶有點綴。既無專人司其事，亦無專款可撥用。徒負虛名，未彰實績。抗戰期間，編譯館設「翻譯委員會」，然亦僅七八人常工作於其間，如毛姆森之《羅馬史》，亞里士多德之《詩學》，薩克萊之《紐康氏家傳》等之英譯中，及《資治通鑑》之中譯英。《資治通鑑》之英譯為一偉大計畫，緣大規模的中國歷史（編年體）尚無英譯本，此編之譯實乃空前巨作。由楊憲益先生及其夫人戴乃迭（英籍）主其事，夫婦合作，相得益彰，勝利時已完成約三分之一，此後不知是否賡續進行。惟知楊憲益夫婦在大陸仍在作翻譯工作，曾有友人得其譯之《儒林外史》見貽。編譯館來台復員後，人手不足，經費短絀，除作若干宣傳性之翻譯以外，貢獻不多。偶然獲得貲助，則臨時籌畫譯事。我記得曾有一次得到聯合國文教組織一筆捐助，指明翻譯古典作品，諮詢於余，乃代為籌畫譯書四五種，記得其中有吳奚眞譯的普魯塔克的《希臘羅馬名人傳》，此書是根據英國名家諾爾茲的英譯本，此英譯本對英國十六世紀文學發生巨大影響，在英國文學史上占重要地位，吳奚眞先生譯筆老練，惜僅成二卷，中華書局印行，未能終篇。近年來有齊邦媛女士主持的英譯《中國現代文學選》二卷，亦一大貢獻。

翻譯，若認眞做，是苦事。逐字逐句，矻矻窮年，其中無急功近利之可圖。但是苦中亦有樂。翻譯不同創作，一篇創作完成有如自己生育一個孩子，而翻譯作品雖然不是自己親生，至少也像是收養很久的一個孩子，有如親生的一般，會視如己出。翻譯又像是進入一座名園，飽覽其中的奇花異木，亭榭樓閣，循著路線周遊一遭而出，耳目一新，心情怡然。總之，一篇譯作殺青，使譯者有成就感，得到滿足。

翻譯，可以說是舞文弄墨的勾當。不舞弄，如何選出恰當的文字來配合原著？有時候，恰當的文字得來全不費工夫，儼如天造地設，這時節恍如他鄉遇故人，有說不出的快感。例如：莎士比亞劇中有「a pissing while」一語（見〈二紳士〉四幕二景二十一行），我頓時想起我們北方粗俗的一句話「撒泡尿的工夫」，形容爲時之短。又例如：莎士比亞的一句話：「You three-inch fool」（見〈馴悍婦〉四幕一景二十七行）正好譯成我們《水滸傳》裡的「三寸丁」。諸如此類的例子還有許多，但是可遇不可求的。

翻譯是爲了人看的，但也是爲己。昔人有言，閱書不如背誦書，背誦書不如鈔書。把書鈔寫一遍，費時費力，但於鈔寫過程之中仔細品味書的內容，最能體會其中的意義。我們如今可以再補一句，鈔書不如譯書。把書譯一遍費時費力更多，然而在一字不苟的字斟句酌之餘必能比較的更深入了解作者之所用心。一個人譯一本書，想必是十分喜愛那一本書，花時間精力去譯它，是值得的。譯成一部書，獲益最多的，不是讀者，是譯者。

人人都知道翻譯重要，很少人肯致力於翻譯事業的獎助。文學藝術都有公私的獎，不包括翻譯在內。好像翻譯不是在文藝範圍以內。學術資格的審查也不收翻譯作品，不論其翻譯具有何等分量。好像翻譯也不在學術領域之內。其實翻譯也有輕重優劣之分，和研究創作一樣未可一概而論。近年的翻譯頗有傑出之作，例如林文月教授所譯之《源氏物語》，其所表現的功力及文字上的造詣，實早已超過一般的創作與某些博士論文。潛心翻譯的人，並不介意獎勵之有無。如有機關團體肯於獎助，翻譯事業會更蓬勃。

翻譯沒有什麼一定的方法可說，譯者憑藉他的語文修養，斟酌字句，使原著以他認爲最好的方式在另一種文字中出現而已。戲法人人會變，巧妙各有不同。

什麼才是好的翻譯？有人說，翻譯作品而能讓人讀起來不像是翻譯，才是好的翻譯。這是外行的說法，至少是誇張語。翻譯就是翻譯，怎能不像翻譯？猶之乎牛肉就是牛肉，怎能嚼起來不像牛肉而像豆腐？牛肉有老有嫩，絕不會像豆腐。

義大利有一句俗話：「翻譯像是一個女人——貌美則不忠貞，忠貞則其貌不美。」這句話簡直是汙辱女性。美而不貞者固曾有之，貌美而又忠貞者則如恆河沙數。譯者爲了忠於原文，行文不免受到限制，因而減少了流暢，這是無庸諱言的事。不過所謂忠，不是生吞活剝的逐字直譯之謂，那種譯法乃是「硬譯」、「死譯」。意譯直譯均有分際，不能引爲拙劣的翻譯的藉口。鳩摩羅什譯的《金剛經》，和玄奘譯的《金剛經》，一爲直譯，一爲意譯，二者並存，各有千秋。

譯品之優劣有時與原著之難易有關。辜鴻銘先生爲一代翻譯大師，其所譯之英國文學作品以〈瘋漢騎馬歌〉及〈古舟子詠〉二詩最爲膾炙人口，確實是既忠實又流利。但是我們要注意，這兩首詩都是歌謠體的敘事詩，雖然裡面也有抒情的成分。其文字則極淺顯易曉，其章節的形式與節奏則極簡單。以辜氏中英文字造詣之深，譯此簡明之作，當然游刃有餘。設使轉而翻譯米爾頓之《失樂園》，其得失如何恐怕很難預測了。

關於翻譯我還有幾點拙見：

一、無關是機關主持的，或私人進行的翻譯，對於原著的選擇宜加審愼。愚以爲有學術性者，有永久價値者，爲第一優先。有時代需要者，當然亦不可盡廢。惟嘗見一些優秀的翻譯人才做一些時髦應世的翻譯，實乃時間精力的浪費。西方所謂暢銷書，能禁得時間淘汰者爲數不多。即以使世俗震驚的諾貝爾文學獎而言，得獎的作品有很多是實至名歸，但亦有浪得虛名不孚眾望者，全部予以翻譯，似不值得。

二、譯者不宜爲討好讀者而力求提高文字之可讀性，甚至對於原著不惜加以割裂。好多年前，我曾受委託審查一部名家的譯稿——吉朋的《羅馬衰亡史》。這是一部大書，爲史學文學的傑作。翻閱了幾頁，深喜其譯筆之流暢，迨與原文對照乃大吃一驚。原文之細密描寫部分大量的被刪割了，於其刪割之處巧爲搭截，天衣無縫。譯者沒有權力做這樣的事。又曾讀過另一位譯者所譯十六世紀英國戲劇數部，顯然的他對於十六世紀英文了解不深。英文字常有一字數義，例如flag譯爲「旗」。似是不誤，殊不知此字另有一義爲「菖蒲」。這種疏誤猶可原諒，其大量的刪節原作，動輒一二百行則是大膽不負責任的行爲，徒以其文字淺顯爲一些人所讚許。

三、中西文法不同，文句之結構自異。西文多子句，形容詞的子句，副詞的子句，所在多是，若一律照樣翻譯成中文，則累贅不堪，形成為人詬病的歐化文。我想譯為中文不妨以原文的句為單位，細心體會其意義，加以咀嚼消化，然後以中文的固有方式表達出來。直譯、意譯之益或可兼而有之。西文句通常有主詞，中文句常無主詞，此又一不同之例。被動語態，中文裡也宜比較少用。

四、翻譯人才需要培養，應由大學國文英語學系及研究所擔任重要角色。不要開翻譯課，不要開訓練班，因為翻譯人才不能速成，沒有方法可教，抑且沒有人能教。在可能範圍之內，師生都該投入這一行業。重要的是改正以往的觀念，莫再把翻譯一概摒斥在學術研究與文藝活動之外。對於翻譯的要求可以嚴格，但不宜輕視。

讀《醒世姻緣傳》

《醒世姻緣傳》原是一部舊小說，但流行不廣，我只見過一種木刻本和一種石印本，都是輾轉借來粗粗看過，一向聽說著者西周生即是《聊齋志異》的著者蒲松齡先生，但亦未遑考究，只覺得此書確實寫得不壞罷了。如今亞東重新翻印，加了標點，弁以徐志摩先生的序，胡適之先生的考證，無疑的這書是要復活了。我現在談談我讀過這書後的幾點感想。

一、《醒世姻緣》的作者問題

胡適之先生的「歷史癖」，是大家都曉得的，他能爲了廬山的一座塔寫幾千字的考證，他的這種「大膽假設，小心求證」的功夫並非是「玩物喪志」的勾當，因爲他是要提倡探求眞理的態度與方法。他從前做的《水滸》、《紅樓夢》等等的考證，還比較的容易作，因爲究竟材料不少，這一回考證《醒世姻緣傳》可就比較難，因爲連著者是誰都有待於考證。胡先生用了六七年工夫才寫成這篇考證，可見這確是一個「難題」了。胡先生很仔細的把考證經過記載下來，因爲：

> 這一段故事，我以爲可以做思想方法的一個實例，所以我依這幾年來逐漸解答這問題的次序，詳細寫出來，給將來教授思想方法的人添一個有趣味的例子。正是：鴛鴦繡取從君看，要把金針度與人。

不消說，胡先生寫這篇序是很鄭重其事的。胡先生的考證方法，並不新穎，例如「內證」「外證」「文筆的考證」等等方法，這都是外國學者自從十八世紀中葉以來逐漸使用的成法，尤其是在「莎士比亞考證學」中曾充分的利用過；但是方法雖然不算新鮮，而首先在中國文學上利用這些方法，並利用得純熟無缺，這項榮譽是不得不歸於胡適之先生的。有些人說，胡先生的考證之精是由於他的家學淵源，世代漢學，這一點我不以爲然。胡先生的考證方法，與其說是漢學家的本色，毋寧說是融會西洋治學方法的結果。

胡先生斷定《醒世姻緣傳》是蒲松齡所作，證據如下：

(一)《醒世姻緣》寫的悍婦和《聊齋志異》寫的一些悍婦故事都很像有關係，尤其是

〈江城〉篇的命意與布局都和《醒世姻緣》相符合。

(二)《骨董瑣記》引鮑廷博的話，說蒲留仙「尚有《醒世姻緣》小說，實有所指。」

(三)根據志書研究《醒世姻緣》的地理和災荒，證明這部小說的作者必是淄川或章邱人，他的時代在崇禎與康熙之間。蒲松齡最合這些條件。

(四)新發見的《聊齋》白話曲本證明蒲松齡是做寫實的土話文學的作家。

(五)用《聊齋》十幾種曲本的特別土話來比較《醒世姻緣》裡的特別土話，使我們能從文字學上斷定《醒世姻緣》的作者必是蒲松齡。

這些證據，胡先生「認為是很夠的了」。假使沒有人能舉出任何更確定的證據，我們現在沒有理由不認胡先生的考證為滿意。不過，這些證據究嫌有些不十分堅強。例如，第一證不但不能證明《醒世姻緣》與《聊齋志異》同出一人手筆，且不免令人疑慮到《醒世姻緣》的作者或許是讀過《聊齋志異》的另一文人。第二證，是有力的外證，但《骨董瑣記》是近人所作，其所引鮑廷博語是否可信，頗有問題，因鮑廷博生於一七二八年，而蒲松齡死於一七一五年，是蒲死後十三年鮑始生，傳聞之詞，未免可疑。第三證、第五證最有價值，尤其是第五證，是中國向來研究文學者所不曾善為利用過的一個方法。但這兩證，固可確實的證明《醒世姻緣》作者是淄川或章邱人，時代是在崇禎與康熙之間，但並不能一定證實是蒲松齡，因為也許是蒲松齡的同鄉。第四證，《聊齋》白話曲本是「新發見」的，其可靠程度如何，不敢貿然臆測。我並不非難胡先生的考證，但以為這一「難題」尚未完全消滅，這一樁公案尚未斷得切實。至於胡先生考證方法之精密，則是不須說的。

二、《醒世姻緣》的價值

徐志摩先生說：

你要看《醒世姻緣》，因為它是（據我看）我們五名內的一部大小說。有人也許要把它放得更上前，有人也許嫌放得太高，那是各人的看法。「大」是並指質和量的。這是一部近一百萬言整一百回的大書，夠你過癮的。

我嫌放得稍高了些。就篇幅論，的確大得可以。就內容論，枝節似乎是太多了一些。固然，中國小說不能用外國文學的標準來衡量，但是這小說裡確是有些該刪削的地方。《醒世姻緣》不比《水滸傳》，《水滸傳》原是要寫一夥綠林豪傑，自然是要撰出一串串的故事聯綴起來，而《醒世姻緣》則有一個簡單的結構，其主旨是要描寫「怕老婆」，所以與主旨無關係的事，能免掉即以免掉爲宜，肆力渲染，雖然妙文迭出，究嫌累贅。不過這種技術上的缺點，同時也有好處，社會情形風俗習慣都被作者收在眼底，成爲志摩先生所謂的「一個時代的社會寫生」。抱著欣賞的態度來看這小說，一百回還嫌太剋呢。

單是「社會寫生」，不能成爲文學的基本要素，社會生活的描寫只是一種背景的渲染，我們若從文學的見地去讀一部小說，我們是要看小說裡面的描寫人性處是否確切忠實。「怕老婆」原是一種變態，至少怕到和狄希陳那樣，不能不說是變態，但此書對於這種變態的描寫是何等深刻，志摩先生評得好：

> 最可欽佩的是他老先生自家的態度，永遠是一種高妙的冷雋，任憑筆下寫得如何活躍，如何熱鬧，他自己永遠保持一個客觀的距離，彷彿在微笑的說：「這算是人，這算是人生！」

這本小說的描寫手段的確甚高。

三、婚姻問題

本書作者原有教訓的用意，他開篇就說：「拈出通俗言，於以醒世道。」不過他的教訓卻很奇特，據他說，姻緣美惡都是前生註定，所以設若夫妻不和，「此皆天使令，順受兩毋躁。」但臨尾又勸人念佛行善可得解救。這見解雖然腐舊，卻有它的時代關係，我們不能用如今的眼光去駁斥。但是我們讀這部小說，當然的不能接受這教訓，當然的不能承認這因果報應之說，當然的要引起我們對於婚姻問題的考慮。志摩先生便是讀了此書不由的要討論婚姻問題的一個人。志摩先生的序文是極有價值的一篇文字，他說：

爲要減少婚姻和男女的糾紛，我想我們至少應得合力來做下列幾件事——

一，我們要主張普及化關於心理生理乃至「性理」的常識。

二，我們要提倡充分應用這些智識來幫助建設或改造我們的實際生活。

三，我們要使男女結合成爲夫妻的那件事趨向艱難的路。

四，我們要使婚姻解除——離婚——趨向簡易而便利的路。

志摩先生認爲這是減少惡姻緣增加良好的結婚生活的條件。話是一點也不錯的，但是我覺得遺漏一個基本條件，那便是，男女雙方都要多忍耐一些，各自多用些道德的制裁，少放縱些自私的虛榮的欲念。婚姻制度，本是一種「必須的罪惡」，沒有法子可以廢掉，這制度有許許多多的短處，是人人見得到的，但是沒有人能想出任何方法來代替它，所以它一直存在到今。把婚姻制度放輕鬆些，離婚容易些，原是好的，但這究竟是應付非常局面方可使用的步驟，斷沒有夫妻反目便就離婚的道理。夫妻不和有大半的是由於性慾的不調和，這種現象在如今開通的時代，是可以有漸加補救的可能。但婚姻問題的苦惱是五花八門的，也不是單是智識所能解救的。最根本的還是道德的制裁爲最能避免婚姻的慘劇。志摩先生所說的「拿生活來嘗試」這態度是很危險的。他說——

> 說到婚姻，更不知有多少人們明知拖延一個不自然的密切關係是等於慢性的謀殺與自殺，但他們也是懶得動，照樣聽憑自然支配他們的命運。

明白的說，他是指的該離婚而不離的人。離婚固該弄得簡易些，但對於缺乏意志力的人與富於放縱私慾的人毋寧還弄得艱難些好。離婚是避免非常苦痛的非常手段，不能視作家庭常備的靈藥，亦不能視作縱情尋樂的手段。離婚關係男女兩方及兒童，天下很難得有面面周到的離婚，離婚總是一種不自然的決裂。如利害僅限於一身，那倒還不妨嘗試嘗試，而婚姻這問題牽涉太大，是不可輕於嘗試的。自己嘗試著謀幸福，別方面可就苦痛了。狄希陳這個例，如發生在現代，自然合理的解決便是離婚。而作者還借因果報應之說來教導人的「順受」，未免太過了。可是我們應該明白，離婚是取消婚姻，不是解決婚姻問題。婚姻永遠是有苦痛的，因爲人生就是永遠有苦痛的，我們用克己的工夫竭力避免苦痛就是，要想在生活中謀幸福，那豈不是太奢望了麼？

——原載一九三三年三月四日天津《益世報．文學周刊》第十七期，署名周振甫

關於莎士比亞

莎士比亞的版本

莎士比亞的稿本現在是完全遺失了。在他的時代，詩人把劇本賣給劇院去排演，對於劇本便再不過問，刊行劇本似是對於演員的職業有妨礙的。莎士比亞生時細心的監視著他的詩的刊行，所以他的詩的版本是不成問題的。但是他在生時從沒有計畫刊行他的戲劇，所以他的劇本的版本就成了問題。

莎氏戲劇在他生時刊印成冊的只有十七個戲，印成所謂「四開本」的單行小冊，普通是六寸寬九寸高，每冊售價六辨士。這些小冊的刊行，不但沒有作者自己的監督校閱，並且沒有得作者的同意，所以是一種所謂的「盜劫本」。這裡面有五本是經大家同意認爲用速記法在劇院裡偷記下來的，其內容自然是極多破碎支離的痕跡，因爲記錄的人很容易有耳誤筆誤的毛病。

「四開本」除這五本以外還有幾本內容也是很殘陋，或許也是同樣由偷記而來的。

當時英國沒有版權法，所以對於「盜劫本」難以取締。當時管理出版事業的手續有兩種：一是凡有出版品（除極少數如學術機關刊物外）須先得倫敦主教或坎特伯利大主教的准許，這是一種具文：一是「書業公會」的登記。這公會是由印刷家出版家組成的，其目標在保護會員的利益，不是保護作家的利益。如某出版家買得一部著作，想得專賣權，只消到公會的記錄簿上登記一下，手續費是六辨士，便沒有被「盜劫」的危險了。有時公會職員恐怕請求登記的作品是來路不明，常常不肯逕爲登記，只得從緩。「盜劫」的本子登記之後，眞本出來依然可以印行，所以公會對於已登記之僞本並不永久保護。

莎氏十七種「四開本」大半都有正式的登記。除偷記的幾本以外，大概都是從各劇院裡搜購出來的稿本付印的。內容較完整的「四開本」無疑的是劇院中人拿出來印行的。

「四開本」之登記日期，稿本來源，各版日期，列表如下：

一六二三年以前之「四開本」表：

劇名	稿本來源	登記日期	第一版	第二版	第三版	第四版	第五版	第六版
太特斯·安德龍尼克斯	劇院	一五九四年二月六日	一五九四	一六〇〇	一六一一			
利查二世	劇院	一五九七年八月廿九日	一五九七	一五九八	一六〇八	一六一五		
利查三世	（不明）	一五九七年十月十九日	一五九七	一五九八	一六〇二	一六〇五	一六一二	一六二二
羅密歐與朱麗葉	第一版偷記 第二版劇院	（未登記）	一五九七	一五九九	一六〇九	（無日期）		
亨利四世（上篇）	劇院	一五九八年二月廿五日	一五九八	一五九九	一六〇四	一六〇八	一六一三	一六二二
空愛了一場	劇院	（未登記）	一五九八					
威尼斯商人	劇院	一九五八年七月廿二日暫登 一九〇〇年十月廿八日正式登記	一六〇〇	一六〇〇或一六一九				
亨利五世	偷記	一六〇〇年八月四日「暫緩登記」	一六〇〇	一六〇二	一六〇八或一六一九			
興風作浪	劇院	一六〇〇年八月四日「暫緩登記」同年八月廿三日正式登記	一六〇〇					

亨利四世（下篇）	劇院	一六〇〇年八月廿三日	一六〇〇			
仲夏夜夢	劇院	一六〇〇年十月八日	一六〇〇	一六〇〇或一六一九		
巧婦	偷記	一六〇二年一月十八日	一六〇二	一六一九		
哈姆雷特	第一版偷記 第二版劇院	一六〇二年七月廿六日	一六〇三	一六〇四 一六〇五	一六一一	
李爾王	（不明）	一六〇七年十一月廿六日	一六〇八	一六〇八或一六一九		
脫洛愛勒斯與克西達	劇院	一六〇三年二月七日暫行登記 一六〇九年一月廿八日正式登記	一六〇九			
波里克利斯	偷記	一六〇八年五月二十日	一六〇九	一六〇九	一六一一	一六一九
奧賽羅	劇院	一六二一年十月六日	一六二二			

註：《安東尼與克里歐沛特拉》於一六〇八年五月二十日登記，但未印，故不列入。

現在我們要講到莎氏版本中最重要的「第一版對摺本」。這個本子是涵有九百零八頁的一個大本，此本現仍保存者至少有一百五十六部，篇幅最大的高十三又八分之三吋，寬八又二分之一吋，封面裡的「標題頁」繪有莎氏像，每頁分左右兩截排印，每截六十六行。這一百多部現存的本子，內容並不完全一樣，因爲當時隨印隨改的原故。印刷者是威廉・哲格爾（William Jaggard），與其合營出版事業的是他的兒子愛薩克（Isaac）及書賈威廉・阿斯泊雷（William Aspley）、約翰・邁茲維克（John Smethwick）及愛德華・布朗特（Edward Blount）。此本於一六二三年十一月八日登記。內容包括已刊行之「四開本」的二十六篇（《波里克利斯》一劇未收入），外加尚未刊行過的戲二十篇，共三十六篇劇本。此本於登記後不久就出版了，時正莎氏卒後七年。這可算是莎氏最可靠的一本全集了。這一版印了約五百至六百之數。

「對摺本」的底稿的來源大概必是從劇院來的。卷首的一篇〈獻辭〉、一篇〈致讀者書〉，都是由約翰・海明和亨利・康德耳（John Heminge, Henry Condell）二人簽名的，這兩人是演員也是莎氏的朋友，所以「對摺本」的底稿就是這兩個人供給的。

這「對摺本」的文字還是有許多舛誤的地方，理由是很複雜的，偷記的稿子不必說是容易有錯，就是劇院傳出的底稿也是不一定可靠，莎氏親筆的原稿也許沒寫清楚，輾轉抄寫愈錯愈甚，到了印刷人手裡一定還要添些錯誤。當時沒有統一的拼寫，標點也是很隨便的，也容易使原稿變了模樣。「四開本」「對摺本」的標點都不能說是必與莎氏原意相符，近代編者多任意改動。十九世紀的編者大致遵守蒲伯（A. Pope）的標點，於是表現了十六世紀以至於十九世紀的各種標點法的大混合。莎氏劇本送到劇院去之後，爲排演的效用起見，必有增刪改動之處，「舞台指導的說明」也許是未得作者協助而後加上去的。近代版本中的「舞台指導說明」大概都是由羅（Rowe）氏以降的各編者增加的（劇中人物「出」「入」字樣除外）。每景地點的註明也是編者增加的。

「第一版對摺本」的文字既有許多支離舛誤的地方，於是後代的學者便努力做考證校釋的工夫。這種版本考據的工作，可以一六三二年的「第二版對摺本」爲始。一六六三年之「第三版對摺本」無大進步，一六六四年重版印行時添入了《波里克利斯》一劇及六篇僞劇，一六八五年之「第四版對摺本」亦無大進步。十七世紀各版的主要修正處是新的拼寫及印刷者所能見到的小更改，但是他們沒有多少根據，往往剷了舊錯添了新錯。

版本考據之難，各劇情形不同。「對摺本」新增的那二十篇比較最易，「對摺本」據「四開本」翻印而文稍異者八篇比較稍難，「對摺本」與「四開本」大不相同的九篇最難，在最難的這幾篇裡，編者便須根據所有的證據來審定眞僞，然後再爬剔其疏失不倫的地方。編者因此最易走向一個調和的趨勢，不肯認定一本爲眞，而兼採兩本的長處。這樣的調和若趨於極端，其結果離莎氏劇的本來面目必定很遠。

在近代意義之下可稱爲第一個莎士比亞的編者的，當是桂冠詩人尼科拉斯・羅（Nicholas

Rowe）。他於一七○九年印行了他編的莎氏劇全集，「八開本」六冊。莎氏詩集於次年亦印行，附有吉爾頓（Gildon）一篇論文。羅氏本是根據「第四版對摺本」，似是整個的沒有參證較早的本子，他只改正了些較明顯的錯誤。但是對於戲劇的外觀上，羅氏卻留下了最大的成績。「對摺本」裡只有八篇有「劇中人物表」，其餘的各篇都由羅氏補足了。「對摺本」裡完全分幕分景的只有十七篇，有十三篇是不完全分的，有六篇整個的沒有分，羅氏也給補足了這分幕分景的工作，其分景處雖亦有可議之點，然大致他是很謹慎從事的。他把拼寫和標點全近代化了，補足了「出」「入」的註明，改正了許多錯誤的「尾白」，整理了許多處支離的詩句。所以羅氏的成績是極不可輕視的了。

羅氏本的第二版在一七一四年發行；在一七二五年，亞歷山大・蒲伯編的六冊「四開本」也出版了。蒲伯在序裡聲言他是如何如何的盡職，如何如何的不敢任意改竄，但是事實上卻大謬不然。蒲伯手裡有幾乎所有的早年的本子，但是他只偶然的參證，很少時候指出異文來，偶然指出異文，也不註明出處。他常常不加聲明的就攙入私人的臆測，遇有難解之處他很少有解釋，並且常解釋錯。他認爲惡劣偽製的地方，他便移在每頁的下端，還有的地方不加聲明的就刪去了。他聽不慣莎士比亞的音節，便以十八世紀的文學標準使莎氏詩句「合規律」。蒲伯雖然這樣的不可靠，但是他亦有很多有價值的改正的地方，尤其是在詩句的布置一方面。他還有一點有價值的貢獻，他拒絕了「第三版對摺本」所增添的七篇偽戲，只有《波里克利斯》終於被恢復進去。

一七二六年春，魯易士．茲歐巴爾德（Lewis Theobald）刊行了一個小冊子《恢復莎士比亞的本來面目》，指陳蒲伯的短處不遺餘力。茲歐巴爾德是一個學者，比蒲伯適於編訂考據的工作，一七三四年他編的莎氏集出版了。他因此獲罪蒲伯，備蒙蒲伯的譏嘲，但現在我們都知道茲歐巴爾德的功績是極大的。

一七四四年托瑪士．漢摩爾（Thomas Hammer）編的本子出現了，他根據蒲伯的本子，比蒲伯還大膽，在考證方面無功績可言，只是有不少聰敏的猜測。

渥伯頓（Warburton）編的本子在一七四七年七月刊行，他根據的是茲歐巴爾德的本子，他的態度極狂傲，自以為經他釐訂的便是定本了，其實在考證上並無多少價值。

約翰孫博士的本子刊行於一七六五年，他是一個懶人，對於考據編訂的工作自然不宜，但是他有豐贍的常識和敏捷的眼光，原文晦澀的地方常被他解釋得很清楚。那篇序尤其有價值。

根據早年的各種本子能以科學態度來考證的以愛德華．卡排爾（Edward Capell）為最精，他編的十冊於一七六八年出版。可惜他為了印得好看，把許多考據資料都湮沒了。他補充了「舞台指揮的說明」，改正了許多散亂的音節。一七七五年他補印了一部註釋，一七七九年至一七八三年又補印了三部註釋。

喬治．斯蒂芬斯（George Steevens）於一七六六年翻印了二十冊早年的「四開本」；於一七七三年他會合約翰孫刊印了全集。他精通伊利沙白時代的文學，對於一些難解的地方很貢獻了一些有力的解釋。他恢復了《波里克利斯》在集裡的位置。於一七七八年重版時，哀門德・馬龍（Eomund Malone）附上了一篇有名的論文〈莎士比亞戲劇的年代考〉，這是近代考據莎氏版本之始。一七八五年重印三版時，經過愛薩克・李德的改訂。馬龍編的本子在死後才出版，是在一八二一年哲姆士・包斯威爾替他出版的。馬龍並不聰明，但極博學，並且態度誠懇。他的本子共二十一冊，號稱為「第三集註本」。所謂「第一集註本」者，即是在一八〇五年刊行的經過李德改訂的約翰孫、斯蒂芬斯合編本的第五版。「第二集註本」者，即上述本於一八一三年印的第六版。

十九世紀的版本太多了，擇要略述如下：

T. Bowdler	包德勒爾（本）	一八〇七年與一八二〇年
Harness	哈爾奈斯（本）	一八二五年
Singer	新格爾（本）	一八二六年
Ch. Knight	查理・耐特（本）	一八三八年至一八四二年，一八四二年至一八四四年刊行各一版，完全根據「第一版對摺本」。

J.P.Collier	考里爾（本）	一八四四年，完全依據「四開本」。但捏造證據，名譽大損。
J.O. Halliwell-Phillipe	哈力威菲力帕（本）	一八五三年至一八六五年，考據材料極多。
Pelius	德克烏斯（本）	一八五四年至一八六一年，這裡有德國對於莎氏版本主要的貢獻。但過重視「第一版對摺本」。
Dyce	戴士（本）	一八七五年

「劍橋本」於一八六三年至一八六六年出版，原是由克拉克、格勞佛、和賴特（Clark, Glover, Wright）三人合編的，但一八九一至一八九三年出版的改定本，都是賴特一人負責的。這個本子考證最精博，是研究莎氏所必備的本子。「環球本」（Globe edition）的原文即根據這個本子重印的，這個本子是最流行的一個本子。此本的長處在不偏執「對摺本」或「四開本」的優劣，而能視各本情形分別處理。

「劍橋改定本」之後，完全新編的本子有克雷格（W. Craig）及尼爾孫（Nielson）的兩種。佛奈斯博士（Dr. J. Furness）編的「新集註本」於一八七一年開始的（已出二十冊，計戲劇十九種），是依據「第一版對摺本」的，這個本子想把以前所有的各家的考證註解都集合在一處，規模宏大，對於專門研究莎氏的學者很有價值，有一點還勝過「劍橋本」，不僅是註明異文最早見於何本，並且還註明採用這異文的各主要編者的名姓。所以各編者對於一切可討論的地方之見解在這個本子裡可以有一個歷史的總匯了。

——原載一九三五年十二月十四日北平《自由評論》第四期

我是怎麼開始寫文學評論的？
——《梁實秋論文學》序

幾十年來，零零碎碎的寫了一些有關文學的文字，也曾結集為幾個小冊子出版，近承友人高信疆賢伉儷不棄，要為這些文字作一總集出版，盛情難卻，勉從所請。藉這機會，願略談我寫評論文字的經過。

新文學運動肇自民國六年，在那一年胡適先生發表了他的《文學改良芻議》，從此文學運動風靡一時。當時我只有十六歲，尚在學校讀書。我沒有進過私塾，沒讀過《三字經》、《百家姓》、《千字文》，我受的語文教育是從商務印書館國文教科書開始的，我背誦的是「人、手、足、刀、尺；一人二手，大山小石；……」

但是稍長之後，所讀的文章不出古文的範疇，課本裡選用的作品不外是《古文觀止》、《古文釋義》裡的那些篇家喻戶曉的傑作，直到二十歲左右，老師在國文課堂上還要我們默寫楊惲〈報孫會宗書〉、韓愈〈師說〉……。可是我一面在古文圈子裡摸索，一面也開闢了新的天地，那便是偷看小說。最先偷看的是《水滸傳》、《紅樓夢》等。深感古文之格調詞藻陳陳相因，不若白話小說之平易近人。偷看小說是家庭所不允，也是學校所懸爲厲禁的。但是白話小說給我莫大的啓示與喜悅，雖然我對於古文未敢公然加以訾議。胡適先生的《文學改良芻議》，對我而言，確是發聾振聵，把許多人心目中積存已久的疑惑一下子點破了，我頓時像是進入了一個新的境界。

我那時像是仰觀天象的人，
忽見一顆新的星辰進入我的視野，
又像勇猛的考提茲，鷹視瞵瞵，
凝望著太平洋——

新文學運動在最初階段是較多破壞性的，攻擊古文、舊詩、舊劇、無所不用其極。凡是文學運動，都是要有像樣子的作品作爲基礎，然後據以發揮主張，或是別人從而抽繹原理，否則運動可能徒滋紛紜，終於落空。我們的新文學運動，在詩歌戲劇方面成就較差，而在白話文方面則突飛猛晉蔚爲大觀，如今舉凡抒情論說紀事以及公私文件大概沒有不改用白話的。小說本來就是白話文的天下，自不必說。詩歌戲劇因爲過去有悠久嚴密的傳統，要改良便不那麼容易。在這期間，凡是文藝性質的出版品，我無不搜來一讀，如餓若渴。學校裡的功課，尤其是老師指定的課外讀物，我常不屑一顧，同學們每天傍晚擠在圖書館門前，等著大門一開，紛紛搶占座位，這其間從來沒有我，我總是躲在寢室裡看一些新出版的文藝作品。現在想起來很後悔，因爲浪費了時間，失去了很多研讀基本典籍的機會。我所閱讀的作品很大部分是翻譯，翻譯當然是很有意義的事，外國的作品給我們一種新奇感，富刺激性，擴大我們的眼界，不過要有「歷史的透視」才能認識作品之眞正的價值，那時候我對外國文學的知識很有限，缺乏比較廣泛的了解，所以閱讀翻譯作品也就不大懂得選擇。凡是新出的圖書，無論是翻譯或創作，我一概歡迎，有些像莎士比亞所譏諷的法國鷹獵者之見鳥就放鷹，毫無抉擇。

關於文學的知識既很貧乏，而猶敢大言炎炎評論古今者，不僅是年幼無知，也是當時風氣使然。我的第一篇批評文字〈《草兒》評論〉作於民國十一年八月（見《秋室雜憶》附錄一），這篇文字之作事出偶然。胡適《嘗試集》之後，最値注意的詩集是郭沫若的《女神》，俞平伯的《冬夜》，康白情的《草兒》等。那時候我和聞一多在清華組織文學社，經常討論新詩，一多對於胡適先生的主張並不完全折服，尤其是所謂八不主義，頗似美國新詩運動所謂Imagist School的主張，其中一部分大有商酌餘地。白話爲文，順理成章，白話爲詩，則問題甚大。胡先生承認白話文運動爲「工具的革命」，就是工具牽連至內容，尤其是詩。工具一變，一定要牽連至內容。所以新詩的討論至今未能塵埃落定。一多和我一直不以爲詩可以脫離傳統。於是一多寫了一篇〈《冬夜》評論〉，草稿交給了在西山臥佛寺夏令營的同學吳景超，景超把稿謄錄一遍交給了我，我把稿投寄了《晨報副刊》，副刊編輯是孫伏園先生，人稱孫伏老，稿寄之後如石沉大海，寫信去請求退稿亦不蒙覆，我以前沒投過稿，也許是我不懂行規。幸虧原稿尚在，我就著手寫一篇〈《草兒》評論〉，自費把兩篇合印一小冊，除了贈閱之外，送幾百冊到青雲閣等處書店寄售，究竟銷出若干冊我不知道，我只知道成本一百元分文沒有收回。在這個小冊裡，我和聞一多都是把詩當藝術看，著重的是詩的內涵，與胡適先生所倡導的「工具革命」已經是兩回事了，我對新詩的看法至今沒有多少改變。這個小冊子引起兩個反響，一個是住在東京的郭沫若，他看了之後大為欣賞，寫信來說「像是在暑夏吃了一杯冰淇淋」。事實上是聞一多對於《女神》著實恭維了一番，所以才有此投桃報李的一舉。不過我和一多和創造社發生了一點點聯繫是自茲始。我有幾首新詩發表在《創造季刊》上，一多寫過一篇郭譯《魯拜集》糾誤的文章，我在《創造周報》也寫過幾篇東西。那時候創造社和文學研究社正處在敵對的地位，我看到《小說月報》雪萊專輯有茅盾一篇文字，說雪萊為了一篇〈雅典主義〉的文字被牛津大學開除云云，「雅典主義」乃「無神論」之誤譯，我寫信給成仿吾偶然提及此事，成仿吾就寫了一篇文章〈雅典主義〉大事譏嘲，我沒料到引起這樣的後果。後來郭沫若要在《創造月刊》刊行拜倫專號雪萊專號，邀我和一多寫稿，我們都沒有應約。另一反響是胡適先生的《努力周報》，某一期上有一短評，作者署名為「哈」，我至今不知其為誰何，絕不會是胡先生，胡先生是行不更名坐不改姓的。哈先生指摘我不該稱讚一多的這兩行詩——「他們的笑聲有時竟脆得像坍碎了一座琉璃寶塔一般。」他問我：誰聽見過琉璃寶塔坍碎的聲音？這一問，我無法回答。杜工部句：「或看翡翠蘭苕上，未掣鯨魚碧海中。」杜工部可曾看見過翡翠戲蘭苕？可曾看見過碧海掣鯨鯢？

〈王爾德的唯美主義〉一文作於民國十四年，是我讀哈佛大學白璧德教授「十六世紀以後之文藝批評」一課之讀書報告，原作是英文寫的。哈佛的規定，研究生不需參加任何考試，但須交報告一篇。題目是我自己選的，著筆之前徵得白璧德的同意，他乍看到這個題目吃了一驚，好像覺得我是有意來捋虎鬚。其實不是。我過去讀過王爾德的作品不少，極愛他的英文文筆，覺得他自誇爲「英文之王」不算是過分，從而對他的唯美主義也發生興趣，自從聽過白璧德的演講，對於整個的近代文學批評的大勢約略有了一點了解，就不再對於過度浪漫以至於頹廢的主張像從前那樣心悅誠服了。我寫這篇論文是記載下我的思想的改變。洛斯編的《王爾德全集》，大概有十幾大本，我一字不漏的讀過了，大學圖書館所有有關的參考書我也翻遍了，用了幾近半年的功夫才寫出那樣短短的一篇文章。

白璧德先生的父親生長在寧波，所以他對中國有一份偏愛，對中國文化有相當的了解與關切，中國學生中親炙最久的是張欣海、吳宓、梅光迪幾位，我只從遊一年，實在是未窺堂奧，他的著作，我讀過五部，即《文學與美國大學》、《新拉奧孔》、《盧梭與浪漫主義》、《法國近代文學批評大師》、《民主與領袖》，最後一部《論創作精神》比較晚出，我還沒有機會研讀。

他的學院派的氣味很重，引經據典，腳註甚多，文筆雖然剛勁，讀來卻很吃力。他談的是文學批評，實際上牽涉到整個的人生哲學。以我的了解，他的主張可以一言以蔽之，察人物之別，嚴人禽之辨。他強調西哲理性自制的精神，孔氏克己復禮的教訓，釋氏內照反省的妙諦。我受他的影響不小，他使我踏上平實穩健的道路。可是我並未大力宣揚他的主張，也不曾援引他的文字視為權威。

民國十五年二月，我在紐約，寫了一篇〈現代中國文學之浪漫的趨勢〉，是我學生時代第二次對外發表的批評文學，投寄北平《晨報副刊》，主編者為徐志摩，那時候我們尚不曾相識。在這篇文章裡，讀者可以看出我的立場。十六年，吳宓先生搜集《學衡》雜誌有關白璧德的文字為一集，我題名為《白璧德與人文主義》，由新月書店出版，這是我唯一的一次對於宣揚白璧德先生主張稍盡一點力量。這本書很少人看，只引起所謂左派人士的譏訕。我至今不曾看見國內任何人堂堂正正的批評過白璧德的思想。我至今不明白白璧德的文字有什麼可譏訕的地方。去年三月台北巨浪出版社，大概是由於侯健先生的推薦，翻印了白璧德的《盧梭與浪漫主義》一書（該書的一章我曾應林以亮先生之邀譯成中文，收在他所編的《美國的文學批評裡》）。我在新月書店出版《白璧德與人文主義》一書，按常情胡適先生會提出異議，因為《學衡》一向是和胡先生處在敵對地位，但是胡適先生終於沒說過一句話，他的雅量是可佩服的。胡先生也從來沒有譏訕過白璧德一句話，雖然他們二人之間在思想上有很大的距離。《新月》一批人就是這樣的，各行其是，沒有門戶。有人說我「奉白璧德爲現代聖人」，這是沒有的事，我就人論人就事論事，我反對「個人崇拜」，我不喜歡「權威」，我在批評文字裡不願假任何人的名義以自重。

我在《新月》雜誌上一共寫了三十幾篇稿子，其中一部分是對魯迅先生和普羅文學運動的論戰，關於此一論戰我現在不欲多說，因爲已有很多人說過，我自己也說過，沒有什麼新鮮的可說，再則此一論戰本身也並不怎麼重要。事後想想，那一場筆墨官司也許不是全無意義，只是當時很少人體會到那場筆墨官司些微的象徵了以後國家大事之嚴重的發展。有人對徐志摩說：「有人在圍剿《新月》，你們爲什麼不全力抵抗？」志摩說：「我們有陳西瀅、梁實秋兩個人來應付，就足夠了。」這眞是掉以輕心。《新月》沒有具體組織，沒有政治野心，不想對任何人作戰。我挺身說幾句話，主要的是想維護文學的尊嚴與健康，有人拿文藝當武器，這也未嘗不可，抓起切菜刀殺人也是常有的事，不足爲奇，不過一定要說文藝只有武器的作用，切菜刀只有殺人的效能，那就離譜太遠。所謂階級云云，則社會有階級之分，乃是擺在面前的事實，誰也不曾否認，而且階級的觀念也不是馬克斯的發明，古典經濟學者無不注意其存在，但是硬說所有文藝作品必皆有其階級性，某一作者必是爲某一階級服務，這不是事實。我所要辯明的只是這兩點，此外皆是枝節。魯迅從來沒有正面和我辯論過，他總是旁敲側擊，枝枝節節的作文章，並且時而稱人爲「正人君子」，時而稱人爲「白璧德的門徒」，好像是帽子一經戴上便休想摘去，只好靜待遊街示眾，這種作風大概也是屬於紹興師爺的刀筆一類。其他的左派嘍囉更不必論，有人寫文章說親眼看見我坐自用汽車到大學去授課，也有人揑造小說描寫我鋃鐺入獄向杜某乞援才得開釋，其目的無非是強調其所謂階級性。像這樣的文字，除作者自貶人格之外，毫無意義。我離開上海那個是非之地以後，沒有再在這個問題上浪費筆墨。民國二十三年南京的王平陵先生爲正中書局編文藝叢書，要我把《新月》上的文字選集成編，這便是《偏見集》的由來。名爲偏見，以別於那些奉外國的「文藝政策」而宏宣正法者流的大作。書出後，首先我看到的評論是一位陳望道先生在上海某刊物上所發表的，我記得這位陳望道先生說我根本沒有見，談不到偏與不偏。這眞是乾淨俐落的手法。不過果無所見，又何勞評論呢？對於這位先生之不憚煩我還是很感謝的，後來有人告訴我這位先生有他的政治背景，那麼也就不足怪了。

第一篇對《偏見集》下嚴正批評的是李長之先生，那時候他還是一位大學的學生，他的文章登在天津的某一期《國聞周報》上，聞一多特別寫信介紹他來見我。李先生是一位很有才學的青年，我們以後遂成知交。他批評我的主要論點是：我的批評文學缺乏哲學系統。他是治西洋哲學的，尤其是康德的哲學，所以特別注意哲學系統。他批評得對，我確是缺乏哲學系統。我開始反省，我的文學觀（如果有的話）是怎樣得來的，其中要點是些什麼。我不喜歡給文學下定義，我以爲只要認識文學，即不需要什麼定義，自然知道文學是怎樣的一種東西。要認識文學應自精讀作品始，而不是研讀批評文章。在學校讀中國文學史一課，所用課本是曾毅編著的，是文言文寫的，內容很枯燥，都是些人名書名，議論陳腐，殊不當我意！但是裡面的人名書名也提供了中國文學的一個輪廓，日後若能循序披覽按圖索驥，不失爲一種書目。惟因自己慵懶，中外文學作品究竟讀得太少，許多最基本的文學古典作品都不曾涉獵，至今不敢談比較文學，皆因素養不足之故。不過就我所已經讀過的一些中外作品，我體會出文學的本質是什麼，其功用又是什麼。我發現最好的文學作品無不以發揚人性爲指歸，所謂人性，究何所指？圓顱方趾皆謂之人，人人皆有人性，還發揚它作甚？是又不然。「人之所以異於禽獸者幾希」，幸虧有那麼一點「幾希」，人雖然具有若干的獸性，還有一些不同於獸性者在。「高貴的野蠻人」其實不見得怎樣高貴，在純自然境界中的人比禽獸高貴不了多少。人在超越了自然境界的時候，運用理智與毅力控制他的本能與情感，這才顯露人性的光輝。例如：人言爲信，是人就該講信用，這與階級無關，與教育程度無關，高高在上的統治階級說話要算數，不可失信於民，斗筲小民也要信守諾言，不可失信於人，就是殺人越貨的強盜有時候也是有諾必踐，算得上是盜亦有道。反之，事前一片花言巧語，事後翻臉不認帳，這便是失卻了人性。再例如，獸性是殘酷的，弱肉強食，人又何嘗不然？人在戰爭中所表現的奸淫屠殺完全是禽獸作風，以及人間許多下流的殘酷報復的手段，都可說是失去了人性。人性是從自然境界掙扎出來的，所以作人很難。人是要作的，隨時戒懼如履薄冰，一不當心便要墮畜生道。曾文正公說：「不爲聖賢，便為禽獸。」他的意思是說人禽之別繫於一念，人應該向聖賢看齊，不可淪為禽獸。事實上一般的人是介於禽獸與聖賢之間的，如能超凡入聖，都是宗教的境界，我們凡人能維持人性尊嚴已經是不容易了。歷來文學傑作，無不教人向上，維護人性尊嚴，文學不是道德的說教，自然的具有其道德的意義。人性沒有階級之分，也沒有時代的變化，所以好的文學永遠是為人所欣賞。我永遠不說文學「應該」是怎樣，「應該」有何用途，我只是說根據我的認識，文學是這樣的。如果有人不喜歡這文學之傳統的面貌，要根據什麼形上學的或經濟學的理論另創出了一套理論，賦予文學以新的更有用的說法，那也是他的自由，不過我不相信那一套。

我也不相信根據美學原理解釋文學的那種說法。二十五年我在北大教書，和朱光潛先生同事，朱先生的學問道德都是我所佩服的，只是他對文學的看法我未能苟同。他所寫的《文藝心理學》、《談美》等，是採取近代美學家克羅齊的觀點。克羅齊是繼承康德、希勒、黑格爾、尼采等一班唯心主義者的哲學家，他認為藝術是直覺，美既不能在物質的媒介物（如顏色聲音文字之類）裡去尋求，更不能與實際生活（尤其是道德問題）發生關係。我以為文學裡有美，但不太重要，因為文學以文字為媒介，而文學本身並沒有太多的音樂的美與圖畫的美。克羅齊說藝術即是表現，我要追問一下表現什麼。文學裡所表現的東西才是文學的重要之所在。我和朱先生在北平《世界日報》我所主編的一個文學副刊上作了幾回合的討論，文稿均已失佚，現在只留有我在《東方雜誌》上發表的一篇〈文學的美〉。

前些日有熱心的朋友從美國寄我一份影印的雜誌文章，是英文的，即自《亞非研究》卷九（*Asian and African Studies*, Tx），一九七三年出版，我也不知道是哪個學校或機關出版的，這文章標題是：〈現代中國文藝批評之研究：第七，梁實秋與新人文主義〉，作者是Marian Galik, Bratislava，我也不知其爲何許人。外國人批評我們，時常是根據我們的文字加以分析，相當的精確，但是未必能深入了解我們中國人特有的氣質，我們在多少年傳統薰陶之中所培養出來的品格。不過有時候旁觀者清，談言微中，這也是不能否認的。這位先生於寫了二十幾頁的分析研究之後，下結論說——

一九二八年初展開了「革命文學」之廣泛的討論。梁實秋有意無意的也參加了。左傾的批評家詛咒最烈的是「人性」的觀念（當然，他們所了解的人性和他所說的意義是不同的）。梁實秋討論到「文學的階級性」，文學與革命的關係，文學與大眾的關係。

梁實秋堅持一貫的是個新人文主義者。一點也沒有改變，只是創造與批評的範圍情形有變。在本文研究的年代之內（一九二四至一九二七）。他是對文學批評有明晰看法的少數人物之一。但是，他不是一位偉大批評家。他的批評之主要的缺點是他對「人性」觀念之未解釋清楚，也許是他未了解透徹。另一缺點是他幾乎厭惡所有的現代文藝作品，無論是創作或批評。

這位先生說我不是一位偉大批評家，其言是也，我完全承認他的看法之正確。從一九二四年到現在，我的觀點沒有改變，如果我在批評方面能作更善的努力，也許有更多的人同意我的觀念。我對「人性」解釋不夠清楚，自己的認識不夠徹底，也都是事實。不過有兩點，我仍然要申說一下。第一，我不曾盲目的排斥一切現代作品。作品不分古今，只有好壞之別。第二，我不喜愛別人給我戴的帽子，包括新人文主義者這一頂帽子在內。白璧德教授是給我許多影響，主要是因爲他的若干思想和我們中國傳統思想頗多暗合之處。我寫的批評文字裡，從來不說「白璧德先生云……」或「新人文主義主張……」之類的話。運用自己的腦筋說自己的話，是我理想中的寫作態度。

一九七七年十月十一日丁巳重陽，在台北

——原載一九七八年三月十二日《中國時報》人間副刊

漫談《英國文學史》

我花了七年功夫編寫，又等了七年功夫校訂的兩部書，《英國文學史》和《英國文學選》，終於出版了。對於寫作的人，書的出版就好像是自己的孩子的誕生，縱然懷胎的時期久了一些，縱然像是癩痢頭兒子，總不免有些喜悅。何況是雙胞胎，兩部書同時出版？《英國文學史》三卷，《英國文學選》三卷，共四千六百多頁。大同公司附屬的協志工業叢書出版公司出版。

好幾年前，胡有瑞女士剛主編《中央日報》晨鐘版的時候，她要我寫一篇關於編寫這兩部書經過的文字，我答應她在書出版之後再寫。事隔多年，而宿約不可不踐。其實書一出版，就只好由讀者評判，作者不需饒舌。敝帚自珍，有些話仍不妨一吐。

我六十五歲從學校退休，在美國旅遊時遇到一位華裔美籍的教授，他善意的告我：「我們美國的教授大都在退休之後，把他歷年的講義之類加以整理出版。一方面溫故知新，對自己的學業作一結束，一方面有書問世，也可不無小補。退休後之生活的空虛庶不致令人過於煩悶。」

我聽了唯唯否否，謹拜嘉言。教授退休之後寫書，乃一般通例，我國行之久矣，豈獨在美國為然？我在退休之後，先是忙著趕譯《莎士比亞全集》之未完成的部分，兩三年間順利完成，了卻一大心願，隨後立刻就開始《英國文學史》的編寫。

英國文學的歷史不太長，從貝奧武夫算起，到現在不過八九百年，和我們中國的兩千幾百年的文學史不能相比，可是英國文學的內容也十分豐富。英國文學史通常分為三個階段，古英文時期，中古英文時期，近代英文時期。在這三個階段中，文字的變化很大。古英文即是盎格魯撒克遜，屬於日耳曼語系。不通古英文，即無法直接研讀這一時代的文學，只能靠現代英文的譯本。中古英文受諾曼人的征服的影響，大量吸取法文的成分，雖與近代英文已很接近，但拼寫讀音等仍有很大歧異。近代英文始自十六世紀，而現代英文則直到十七世紀才定型。莎士比亞屬於十六世紀，但是他使用的英文有些地方和我們現在的英文還是不同的。總而言之，要徹底把握英國文學史，非通曉這三個階段的文字不可。在英美等國，專門研究古英文或中古英文的學者不乏其人，號稱專家。即一般治文學者，對於古英文及中古英文亦無不有相當認識。我國治英文學者則困難重重。以我所知，通古英文者，國內尚無一人。能略讀中古英文者亦寥寥可數。國內研究外文的機構似應培植一兩位古英文及中古英文的專家學者。這倒不是為了給研究機構做裝潢，而是為了提倡高度的研究風氣，高本漢可以為我們的《詩經》作校譯，為什麼我們不能研究古英文的貝奧武夫？

我讀《劍橋英國文學史》和《牛津英國文學史》，輒心生羨慕，羨慕他們有那麼多的專家學者，更羨慕他們能分工合作撰寫那樣的鉅著。這兩部書不是教科書，不是通俗讀物，一般讀者不易消化，因爲其中評論多而敘述少，非對文學作品有相當了解的人不易領略評論的意義。這兩部書給我一個啓示，假如我們中國人之習英國文學者能聚在一起，商定每人擔任一部分文學史的撰寫，集腋成裘，豈不比較的輕而易舉？因此我在學校擔任英國文學史課程的時候，就屢次和同道的友人商量，我提議英國文學史由幾個人分擔，每人擔任講授一段，三兩年後，每人對自己那一段的資料都會多少有一些把握，然後分別加以整理編寫，一部《英國文學史》不就成了麼？這是我的天眞的想法，事實上的困難很多。因此，在不得已的情形之下，我不揣譾陋，獨自編寫這部文學史。我的目的，與其說是供人參考，毋寧說是鞭策自己，努力求知。因爲在編寫的過程中，我陸續發現自己的知識上有不少的空隙需要塡補。能立刻塡補的就立刻塡補，需要長時間才能補充的則只好暫付闕如了。

有關英國文學史的資料不虞缺乏，有時嫌其太多。材料多則檢閱費時，取捨費思考。有人勸我聘請一位助理幫我奔走，例如借書、查書、核校之類的工作。用意當然很好，但是這樣的人才難求。如果一個人有能力幫我做這種工作，誰肯做這樣的犧牲，而且私人也沒有能力聘請他，所以我只能靠自己，匹馬單槍，慢慢的磨洋工，有時候一位作家的生卒年月，或一部作品的寫作時期，各家說法不一，何去何從，便很費斟酌了。

我編寫的體例很簡單。每個時代先弁以一段時代背景的說明。文學與時代的關係是無法完全脫離的，有時候且很密切。文學史尤其不能不注意到當時的歷史背景。但是文學與時代的關係不可過分強調。許多作品並不反映時代。而且如果反映時代，亦未必有很高的文學價值。所以我說明時代背景，只是概括的約略敘述，我不相信那種機械的教條式的唯物史觀的說法，更不採納那種偏激的另有作用的階級鬥爭的觀點。

我著重的是文學作家與作品。文學史是作家與作品累積而成的。所以我講到一位作家，先作簡單的傳記式的說明。一位作家的一生經歷對他的作品有很大影響。讀其書要知其人。文學史是一系列的作家所塑造的，不是蚩蚩的大眾所能為力的。即使是民謠戲劇，也是經過無名的作家編作潤飾過的。文學上無所謂集體創作。環境可以影響作家，作品仍是作家的創作。光是知道作者生平還不夠，更重要的是他的作品。所以我盡量的述說每一作家的作品，用最簡單的方式說明其內容。也許最理想的方式是大量引錄作品或其片段（附譯文），但是這樣做會使得篇幅過於龐大。像早年的*College Survey of Eng Lit*以及較晚的*Norton Authology*，都是一方面作文學史的說明，一方面廣為選收作品，規模很大。講文學史而不同時選讀相當數量的作品，近於是研究目錄學，我為解決這項困擾，特於《英國文學史》三卷之外另行編行《英國文學選》三卷，作為姊妹編，也可說是附錄。

這樣做，仍有難以克服的困擾。作品太多，不但篇幅容納不下，個人的精力也不足以應付。例如小說一項，我覺得難於處理，篇幅太長，不宜割裂。詩就好辦，或本來就短，或各部分自成段落（例如密爾頓《失樂園》譯其第一卷即無不可）。戲劇方面，我致力較多，計共選擇了八篇：

一、第二部牧羊人劇，英國早期喜劇最佳的作品之一，亦所謂「行會劇」中之最優秀者之一。

二、《凡人》，道德劇中之最爲人稱道者。

三、海烏德：《約翰約翰》，滑稽短劇以寫實爲其特色。

四、瑪婁：《浮士德博士之悲劇》

五、奇德：《西班牙之悲劇》，二劇均爲十六世紀之著名戲劇，爲莎士比亞之前驅。

六、福特：《可惜她是一個娼婦》，莎士比亞後期查爾斯時代的代表作之一，近似問題劇。

七、康格雷夫：《世故人情》，十七世紀最偉大的喜劇之一，在舞台上是失敗，在文學上是傑作。

八、謝立敦：《造謠學校》，十八世紀劃時代的戲劇佳構，開啓近代喜劇之契機。

九、騷賽：《瓦特．泰勒》（節譯），浪漫時代革命精神之鼓吹。

以上九部戲，都是英國戲劇發展史上的代表作，順序讀下可以了然於英國戲劇之來龍去脈。

我編的《英國文學史》及《英國文學選》就這樣的面世了，敬請批評指教。

——原載一九八五年八月十九日台北《中央日報》副刊

《雅舍小品》合訂本後記

《雅舍小品》於民國三十八年初版，收小品文三十四篇，續集於六十二年出版，三十二篇，三集於七十一年出版，三十七篇，四集於七十五年出版，四十篇。四集合訂，共計小品一百四十三篇。寫作出版的經過，略如下述。

抗戰期間，我在重慶。五四大轟炸那一年，我疏散到北碚鄉下。吳景超龔業雅伉儷也一同疏散到北碚。景超是我清華同班，業雅是我妹妹亞紫北平女大同班同學，我和他們合資在北碚買了一棟房子，其簡陋的情形在第一篇小品裡已有描述。房子在路邊山坡上，沒有門牌，郵遞不便。有一天晚上景超提議給這棟房子題個名字，以資識別。我想了一下說：「不妨利用業雅的名字名之為『雅舍』。」第二天我們就找木匠做了一個木牌，用木牌插在路邊，由我大書「雅舍」二字於其上。雅舍命名緣來如此，並非如某些人之所誤會以為是自命風雅。不過雅舍本身也確是不俗。和我們常往還的不是詩人便是畫家，如李清悚、朱錦江、尹石公、彭醇士、陳延杰等。有一次雅舍宴集，酒後茶餘，逸興遄飛，彭醇士當眾染毫吮翰，畫了一幅〈雅舍圖〉，筆酣墨飽，元氣淋漓，陳延杰隨即題詩一首，我記得是這樣的：

彭侯落落丹青手，寫卻秋巒犖确姿。
茅舍數楹梯山路，只今兵火好栖遲。

《詩》曰：「衡門之下，可以栖遲。」可憐雅舍卻連衡門也沒有。幾間茅舍，開門見山，惟有兩棵高大的梨樹在半山腰上站崗。但是我們在雅舍度過了七八年，晏如也。

我的朋友劉英士在重慶主辦《星期評論》，邀我寫稿，言明係一專欄，每期一篇，每篇二千字，情不可卻，姑漫應之。每寫一篇，業雅輒以先睹爲快。我所寫的文字，牽涉到不少我們熟識的人，都是眞人眞事，雖多調侃，並非虛擬。所以業雅看了特感興趣，往往笑得前仰後合。經她不時的催促，我才逐期撰寫按時交稿。

《雅舍小品》刊出之後，引起一些人的注意。我用的是筆名「子佳」二字。有不少人紛紛猜測這子佳到底是誰。據英士告我，有一天他在沙坪壩一家餐館裡，聽到鄰桌幾位中大教授在議論這件事，其中有一位徐仲年先生高聲說：「你們說子佳是梁實秋，這如何可能？看他譯的莎士比亞，文字總嫌有點彆扭，他怎麼寫得出《雅舍小品》那樣的文章？」又有我的北大同事朱光潛先生自成都來信給我，他說：「大作《雅舍小品》對於文學的貢獻在翻譯莎士比亞的工作之上。」「文章千古事，得失寸心知。」我的寫作與翻譯，都只是盡力爲之，究竟譯勝於作，還是作勝於譯，我自己也不知道。

《星期評論》後來停刊，但是《雅舍小品》仍然繼續寫了下去，直到抗戰勝利之後我回到北平，才把散見於幾種刊物的小品輯爲一冊，交商務印書館印行。我生平不請人作序，但是這個小冊我卻請業雅寫了一篇短序。這是民國三十六年的事了。

商務印書館在北平設有京華印書廠，《雅舍小品》即由該廠承印，我就近親自校了兩遍，但是魯魚亥豕仍難全免。清樣校畢之後，久久不見該書出版，質諸商務北平分館，承他們直言相告，當時通貨膨脹，物價飛騰，印書紙亦屬重要物資，其價格一日數漲。如果印成書籍，則書籍不能隨紙張之價格而上漲，損失太大。他們勸我稍安毋躁，等物價穩定之後再行付印。洛陽紙貴於此乃得另一詮釋。文章不值錢，信然。

三十七年冬，我匆匆離開北平到了廣州，幸而行笥之中夾有《雅舍小品》二校校樣。三十八年我來台灣，時劉季洪先生主正中書局編審部，有一天他來看我，問我有無稿件待印，我就把《雅舍小品》二校校樣交給他了，很快的就印了出來。《雅舍小品》沒有廣告，我曾詢問正中書局的一位店員，他說「好書不需要廣告」。事實上，《雅舍小品》迄今已銷行四十多版，香港台灣均有盜版本。我很明白，暢銷並不一定證明書的內容好。《雅舍小品》之所以蒙讀者愛讀，也許是因爲每篇都很簡短，平均不出兩千字，所寫均是身邊瑣事，即未涉及國是，亦不高談中西文化問題。《雅舍小品》續集及三集均是應「正中」蔣廉儒先生之邀而編印的。四集及合訂本是承顏元叔先生、梅新先生的好意予以出版的。我對於正中書局前後主持編務的幾位朋友深爲感謝。

《雅舍小品》本來封面沒有圖案。自第三十版起，改用老五號排印，始得正中書局的王維安先生繪製封面。王先生是國畫名家。所繪山水，蒼潤秀麗兼而有之，爲拙作生色不少，在此一併誌謝。

我引以爲憾者，是特別愛讀《雅舍小品》而又爲撰序的業雅，根本沒能看到此書之印行。十年浩劫之中，景超、業雅均飽受折磨，患癌而歿。如今合訂本印行，緬懷往事，心有餘哀。

一九八六年四月十八日記於台北

人生就是一個長久誘惑

——《阿伯拉與哀綠綺思的情書》台灣版新記

我譯《阿伯拉與哀綠綺思的情書》（*The Love Letters of Abelard and Héloise*）是在一九二八年夏天，那時候我在北平家裡度暑假。原書（英譯本）爲英國出版的TempleClassics叢書之一，薄薄的一小冊，是我的朋友瞿菊農借給我看的。他說這本書有翻譯的價值。我看了之後，大受感動，遂即著手翻譯。年輕人做事有熱情，有勇氣，不一定有計畫。看到自己喜歡的書，就想把它譯出來，在譯的過程中得到快樂，譯完之後得到滿足。北平的夏季很熱，但是早晚涼。我有黎明即起的習慣，天大亮之後我就在走廊上藉著籐桌籐椅開始我的翻譯，家人都還在黑甜鄉，沒人擾我，只有枝頭小鳥吱吱叫，盆裡荷花陣陣香。一天譯幾頁，等到太陽曬滿了半個院子我便停筆。一個月後，書譯成了。

暑假過後我回到上海，《新月月刊》正需要稿件，我就把《情書》的第一函、第二函發表在《新月月刊》第一卷第八號（一九二八年十月十日出版），並且在篇末打出一條廣告：

> 這是八百年前的一段風流案，一個尼姑與一個和尚所寫的一束情書。古今中外的情書，沒有一部比這個更爲沉痛、哀豔、悽慘、純潔、高尚。這裡面的美麗玄妙的詞句，竟成後世情人們書信中的濫詞，其影響之大可知。最可貴的是，這部情書裡絕無半點輕狂，譯者認爲這是一部「超凡入聖」的傑作。

廣告總不免多少有些誇張，不過這部情書確是一部使我低徊不忍釋手的作品。這部書譯出來得到許多許多同情的讀者。不久這譯本就印成了單行本，新月書店出版。廣告中引用「一束情書」四個字是有意的，因爲當時坊間上正有一本名爲「情書一束」者相當暢銷，很多人都覺得過於輕薄庸俗，所以我譯的這部情書正好成一鮮明的對比。

其實，寫情書是稀鬆平常的事。青年男女墜入情網，誰沒有寫過情書？不過情書的成色不同。或措詞文雅，風流蘊藉，或出語粗俗，有如薛蟠。法國的羅斯當《西哈諾》一劇，其中的俊美而無文的克利斯將，無論是寫情書或說情話，都極笨拙可笑，只會不斷重複的說「我愛你，我愛你，我愛你！」「我愛你」一語並不壞，而且是不能輕易出諸口的，多少情人在心裡燃燒很久很久才能迸出這樣的一句話，這一句話應該是有如火山之爆發，有如洪流之決口，下面還應有下文。如果只是重複著說「我愛你」便很難打動洛克桑的芳心了。所以克利斯將不能不請詩人西哈諾爲他捉刀，替他寫情書，甚至在陽台下朦朧中替他訴衷情。情書人人會寫，寫得好的並不多見。

情書通常是在一對情人因種種關係不得把晤的時候，不得已才傳書遞簡以紙筆代喉舌。有一對情侶在結成連理之前睽別數載遠隔重洋，他們每天寫情書，事實上成爲親密的日記，各自儲藏在小箱內，視同拱璧。後來在喪亂中自行付諸一炬。爲什麼？因爲他們不願公開給大家看。有些人千方百計的想偷看別人的情書，也許是由於好奇，也許是出於「鬧新房」心理，也許是自己有一腔熱情而苦於沒有對象，於是借他人之酒杯澆自己之塊壘。總之，情書不是供大眾閱覽的，而大家越是想看。

阿伯拉與哀綠綺思的情書是被公開了的，流行了八百多年，原文是拉丁文，譯本不止一個。中古的歐洲，男女的關係不是開放的，一個僧人和一個修女互通情書簡直是不可思議的事。中古教會對於男女之間的愛與性視爲一種罪惡，要加以很多的限制（RattreyTaylor有一本書*Sex in History*有詳細而有趣的敘述）。我們中國佛教也是視愛爲一切煩惱之源，要修行先要斬斷愛根。但是愛根豈是容易斬斷的?人之大患在於有身。有了肉身自然就有情愛，就有肉慾。僧侶修女也是人，愛根亦難斬斷。阿伯拉與哀綠綺思都不是等閒之輩，他們的幾封情書流傳下來，自然成爲不朽的作品。

中古尚無印刷，書籍流傳端賴手鈔。鈔本難免增衍刪漏，以及其他的舛誤。所以阿伯拉與哀綠綺思的幾通情書是否保存了原貌，我們很難論定。至少那第一函不像是阿伯拉的手筆。很像是後來的好事者所撰作的，因爲第一函概括的敘述二人相戀的經過以及悲劇的發生，似是有意給讀者一個了解全部眞相的說明。有這樣一個說明當然很好，不過顯然不是本來面貌。我讀了這第一函就有一種感覺，覺得好像是《六祖壇經》的自序品第一，不必經過考證就可知道這是後人加上去的。

阿伯拉是何許人？

阿伯拉（Pierre Abelard）是中古法國哲學家，生於一〇七九年，卒於一一四二年，享年六十三歲。他寫過一篇自傳《我的災難史》（*Historia calamitorium*）述說他的一生經過甚詳。他生於法國西北部南次附近之巴萊（Palais）。他的父親擁有騎士爵位，但是他放棄了爵位繼承權，不願將來從事軍旅生涯，而欲學習哲學，專攻邏輯。他有兩個有名的師傅；一位是洛塞林（Roscelin of Compié gne），是一位唯名論者，以爲宇宙萬物僅是虛名而已；另一位威廉（William of Champeaux），是一位柏拉圖派實在論者，以爲宇宙萬物確實存在。阿伯拉自出機杼，獨創新說，建立了一派「語文哲學」。他以爲語言文字根本不足以證明宇宙萬物之眞理，宇宙萬物乃是屬於物理學的範疇。於是與二師發生激辯。

阿伯拉是屬於逍遙學派的學者，在巴黎及其他各地學苑巡遊演講，闡述亞里士多德的邏輯。一一一三或一一一四年間他北至洛昂，在安塞姆（Anselm）門下研習神學，安塞姆乃當時《聖經》學者的領袖。可是不久他對安塞姆就感到強烈的不滿，以爲他所說的盡屬空談，遂即南返巴黎。他公開設帳教學，同時為巴黎大教堂一位教士富爾伯特（Canon Fulbert）的年輕姪女哀綠綺思作私人教師。不久，師生發生戀情，進而有了更親密的關係，生了一個兒子。他們給他命名為阿斯楚拉伯（Astralabe）。隨後他們就祕密舉行婚禮。為躲避為叔父發覺而大發雷霆，哀綠綺思退隱在巴黎郊外之阿根特伊修道院。富爾伯特對於阿伯拉不稍寬假，賄買兇手將阿伯拉實行閹割以為報復。阿伯拉受此奇恥大辱，入巴黎附近之聖丹尼斯寺院為僧，同時不甘坐視哀綠綺思落入他人之手，強使她在阿根特伊修道院捨身為尼。

阿伯拉在聖丹尼斯擴大其對神學之研究，並且不斷的批評其同修的僧侶之生活方式。他精讀《聖經》與教會神父之著作，引錄其中的文句成集。好像基督教會的理論頗多矛盾之處，他乃編輯他所發現的資料為一集，題曰《是與否》（*Sic et Non*），寫了一篇序，以邏輯學家與語文學家的身分制訂一些基本規則，根據這些規則學者們可以解釋若干顯然矛盾的意義，並且也可以分辨好多世紀以來使用的文字之不同的意義。他也寫了他的《神學》（*Theologia*）初稿，但於一一二一年蘇瓦松會議中被斥為異端，並遭焚燬處分。阿伯拉對於上帝以及三位一體的神祕性之辯證的解釋被認為是錯誤的，他一度被安置在聖美達寺院予以軟禁。他回到聖丹尼斯的時候，他又把他的「是與否」的方法，施用在這寺院保護神的課題上；他辯稱駐高盧傳道殉教的巴黎聖丹尼斯，不是被聖保羅所改變信仰的那位雅典的丹尼斯（一稱最高法官戴奧尼索斯）。聖丹尼斯的僧眾以為這對於傳統的主張之批評乃是對全國的汙辱；為了避免被召至法國國王面前受訊，阿伯拉從寺院逃走，尋求香檳的提歐拔特伯爵領邑的庇護。他在那裡過孤寂隱逸的生活，但是生徒追隨不捨，強他恢復哲學講授。他一面講授人間的學問，一面執行僧人的任務，頗爲當時其他宗教人士所不滿，阿伯拉乃計議徹底逃離到基督教領域之外。一一二五年，他被推舉爲遙遠的布萊頓的聖吉爾達斯·德·魯斯修道院院長，他接受了。在那裡他與當地人士的關係不久也惡化了，幾度幾乎有了性命之憂，他回到法國。

這時節哀綠綺思主持一個新建立的女尼組織，名爲「聖靈會」（Paraclete）。阿伯拉成爲這個新團體的寺長，他提供了一套女尼的生活規律及其理由；他特別強調文藝研究的重要性。他也提供了他自己編撰的聖歌集，在一一三〇年代初期他和哀綠綺思把他們的情書和宗教性的信札編寫一集。

一一三五年左右阿伯拉到巴黎郊外的聖任內微夫山去講學，同時在精力奮發聲名大著之中從事寫作。也修訂了他的《神學》，分析三位一體說信仰的來源，並且稱讚古代異教哲學家們之優點，以及他們之利用理性發現了許多基督教所啓示的基本教義。他又寫了一部書，名爲《倫理學》（*Ethica*），又名《認識你自己》（*Scito te ipsum*），乃一短篇傑作，分析罪惡的觀念，獲到一徹底的結論，在上帝的眼裡人的行爲並不能使人成爲較善或較惡，因爲行爲本身既非善亦非惡。在上帝心目中重要的是人的意念；罪惡不是做出來的什麼事（根本不是res物），實乃人心對明知是錯誤的事之許可。阿伯拉又寫了一部《一哲學家，一猶太人，一基督徒之對話錄》

（*Diologus inter Philosophum, Judaium et Christionum*），一部《聖保羅致羅馬人函之評論》（*Expositio in Epistolam ad Romanos*），縷述基督一生之意義，僅在於以身作則，誘導世人去愛。

在聖任內微夫山上，阿伯拉吸引來大批的生徒，其中很多位後來成爲名人，例如英國的人文主義者騷茲伯來的約翰（John of Salisbury）。不過他也引起很多人甚深的敵意，因爲他批評了其他的大師，而且他顯然修改了基督教神學之傳統的教義。在巴黎市內，有影響力的聖約克多寺院的院長對他的主張極不以爲然，在其他地方，則有聖提愛利的威廉，本是阿伯拉仰慕者，現在爭取到當時基督教區域中最有勢力的人物克賴福的伯納德的擁護。一一四〇年在桑斯召開的會議，阿伯拉受到嚴重的譴責，這項譴責不久爲教宗英納森二世所確認。他於是退隱於伯根底的克魯內大寺院，在院長可敬的彼德疏通之下，他和克賴福的伯納德言歸於好，旋即從教學中退休出來。他晚年老病交加，過清苦的僧人生活。他死於附近的聖瑪塞爾小修道院，大概是在一一四四年。他的屍體最初是送到聖靈會，現在是和哀綠綺思並葬於巴黎之拉舍斯禮拜堂墓園中。據在他死後所撰的墓銘，阿伯拉被某些同時人物認爲是自古以來最偉大的思想家與教師之一。

以上所述是譯自大英百科全書，雖然簡略，可使我們約略了然於阿伯拉的生平。他是一個有獨立思想的學者，一個誨人不倦的教師，而且是熱情洋溢的人。

哀綠綺思是怎樣的一個人呢？

可惜我們所知不多。她生於一一〇一年，卒於一一六四年，享年六十三歲。據說是「not lowest in beauty, but in literary culture highest.」（在美貌方面不算最差，但在文藝修養方面實在極高）這涵義是說她雖非怎樣出眾的美女，卻是曠世的才女。事實上哀綠綺思是才貌雙全的。二人初遇時，哀綠綺思年方十九，正是豆蔻年華，而阿伯拉已是三十七歲，相差十八歲。但是年齡不能限制愛情的發生。師生相戀，不是一般人所能容忍的。但是相戀出於眞情，名分不足以成爲障礙。男女相悅，私下裡生了一個兒子，與禮法是絕對的不合，但是並不違反人性，人情所不免。八百多年前的風流案，至今爲人所豔稱，兩人合葬的墓地，至今爲人所憑弔。主要的緣故就是他們的情書眞摯動人。

《情書》裡警句很多，試摘數則如下。

「上天懲罰我，一方面既不准我滿足我的慾望，一方面又使得我的有罪的慾望燃燒得狂熾。」性慾的強弱，人各不同。阿伯拉一見哀綠綺思，便「終日冥想，方寸紊亂，感情猛烈得不容節制。」這時候阿伯拉已是三十七歲的人，學成名就，不是情竇初開的奇男子，他的感情已壓抑了很久，一旦遇到適宜的對象，便一發而不可收拾。哲學不足以主宰情感。阿伯拉並不是早熟，他的一往情深是正常的。「愛情是不能隱匿的；一句話，一個神情，即使一刻的寂靜，都足以表示愛情。」他們「兩人私會，情意綿綿。」可以理解，值得同情。

「你敢說婚姻一定不是愛情的墳墓嗎？」婚姻是愛情的墳墓，這句話不知誰造出的一句俏皮話？須知以愛情爲基礎的婚姻，乃是人間無可比擬的幸福。從外表看，婚後的感情易趨於淡薄，實際上婚後的愛乃是另一種愛，洗去了浪漫的色彩，加深了牉合的享受，就如同花開之後結果一般的自然。婚姻是戀愛的完成，不是墳墓。婚姻通常有很長的一段時間，死而後已。

「假如人間世上眞有所謂幸福，我敢信那必是兩個自由戀愛的人的結合。」人間最大幸福是「如願以償」。《老殘遊記》第二十回最後兩行是一副聯語——「願天下有情人，都成了眷屬；是前生註定事，莫錯過姻緣。」眞是善頌善禱。兩情相悅，以至成爲眷屬，便是幸福，而且是絕大多數的人所能得到的幸福。不一定才子佳人才算是匹配良緣，世界上沒有那麼多的才子和佳人。也有以自由戀愛始而以仳離終的怨偶，那究竟是例外。如願便是滿足，滿足即是幸福。

「尼庵啊！戒誓啊！我在你們的嚴厲的紀律之下還沒有失掉我的人性！……我的心沒有因爲幽禁而變硬，我還是不能忘情。」忘情談何容易，太上才能忘情。佛家所謂「再割塵勞之網，重離煩惱之家」正是同一道理。出家要有兩層手續，剃度受戒是一層，究竟是形式，眞能割斷愛根，一心向上，那才是眞正的出家。基督教有所謂「堅信禮」，也是給修道者一個機會，在一定期間內如不能堅持仍有退出還俗的選擇。哀綠綺思最初身在修道院而心未忘情，表示她的信心未堅尚未達到較高的境界。

「從來沒有愛過的人，我嫉妒他們的幸福。」這是在戀愛經驗中遭受挫折打擊的人之憤慨語。從來沒愛過，當然就沒有因愛而惹起的煩惱。我們宋朝詞人晏殊所謂的「無情不似多情苦」，也正是同樣的感喟。但是人根本有情，若是從未愛過，在人生經驗上乃一大缺憾，未必是福。因吃東西而梗咽的人會羨慕從來不吃東西的人嗎？

「人生就是一個長久誘惑。」這是一位聖徒說的話。「除了誘惑之外，我什麼都能抵抗，」這是王爾德代表一切凡人所說的一句俏皮話。人生是一連串的不斷的誘惑。誘惑大概是來自外界，其實也常起自內心。佛家所謂的「三毒」貪瞋癡，愛就是屬於癡。愛根不除，便不能抵抗誘惑。阿伯拉要求哀綠綺思不要再愛他，要她全心全意的去愛上帝，要她截斷愛根，不再回憶過去的人間的歡樂，作一個真的基督徒的懺悔的榜樣，——這才是超凡入聖，由人的境界昇入宗教的境界。他們兩個互相勉勵，完成了他們的至高純潔的志願，然而在過程中也是十分悽慘的人間悲劇！阿伯拉對哀綠綺思最後的囑咐是：「你已脫離塵世，哪裡還有什麼配使你留戀？永遠張眼望著上帝，你的殘生已經獻奉了他。」這樣的打發一個人的殘生，是悲劇，也是解脫。

我在〈譯後記〉說George Moore有他的譯本，我說錯了。他沒有譯本，他的作品是一部小說。《情書》之較新的英譯本是一九二五年C. K. Scott Moncrieff的，和一九四七年J. T.Muckel的。

一九八六年十一月二十二日

上文有關柏拉圖一節，李明輝先生投書《中國時報》（一九八六年十二月十四日），指出解釋未洽，易滋誤會，謹將原函刊後，並誌謝忱。

頃閱〈人間〉副刊十二月七日梁實秋先生〈阿伯拉與哀綠綺思的情書〉一文，發現其中有一段錯誤的論述。梁文中說：「他（阿伯拉）有兩個有名的師傅：一位是洛塞林，是一位唯名論者，以爲宇宙萬物僅是虛名而已；另一位威廉，是一位柏拉圖派實在論者，以爲宇宙萬物確實存在。」梁先生說：他的敘述是譯自《大英百科全書》。但這段論述卻不合一般哲學史的理解。在哲學中，當我們把實在論當作唯名論的相反立場（而非當作觀念論的相反立場）時，係牽涉到「共相」（universals）的實在性問題：實在論者承認共相（不是宇宙萬物！）有其實在性，唯名論者則把共相視爲由抽象作用產生的名目而已，其自身無實在性。這是兩個語詞在梁文中應有的涵意。據我查《大英百科全書》，梁先生應是把「共相」（universals）解爲「宇宙萬物」之意。

既然柏拉圖承認共相的實在性，因此，說威廉是「一位柏拉圖派實在論者」，這不算錯；但這個「實在論」卻不是梁先生所了解的「實在論」。梁先生的說法實足以引起誤解。

——原載一九八七年元月台北九歌出版社新版《阿伯拉與哀綠綺思的情書》

《潘彼得》新版後記

《潘彼得》是我六十年前的舊譯，早已絕版。新版重印，略述前後的經過。

民國十六年夏，我和葉公超在上海，進入暨南大學教書。公超任外文系主任兼圖書館長，大規模的買書。他就住在圖書館的樓梯旁一間小屋裡，床上桌上椅上到處都是新買來的書。我在上課過後經常到他室內翻看新書，有一天發現了一本*Peter pan and Wendy*。我只知道《潘彼得》是劇本，不知道還有小說本的《潘彼得》。他說他也不知道，所以特意買來看看。我隨即把這本書借出帶回家。那一年我住在赫德路安慶坊。窗外電車不時的隆隆而過，震得床椅都微微顫動，可是我展開《潘彼得》閱讀，深受感動，聚精會神的讀下去，一連幾天竟忘了電車聲音的騷擾。我太喜歡這部小說，於是就譯了出來。把書譯一遍，比鈔一遍更能使人深入了解並且欣賞它。我譯這部小說，心情非常愉快。譯完之後，和公超談起這部小說之妙，公超自告奮勇，願稍事爬梳給我的譯本作一序文。這便是此序之由來。十八年夏公超離開上海，到清華去教書，我亦於翌年離開上海，到青島去教書。葉序實作於清華，故序末有作「於藤荷西館」之語。所謂「藤荷西館」，乃清華園內工字廳之一院落，背有荷花池，前有紫藤架，故名。公超和吳宓先生一度在此同居，各據一室。「藤荷西館」有梁任公先生的題額，疑是吳宓先生所命名，我曾造訪一次，其地確甚幽雅。

《潘彼得》在新月書店出版後，某月日上海北四川路一小劇院（好像是Odeon劇院或Empire劇院）上演英文原劇《潘彼得》，我欣然往。觀眾爆滿，奉半是十歲左右的兒童，中外皆有。第一幕演出彼得和文黛、約翰、邁克爾，三個孩子在室內起飛，輕靈曼妙的在空中盤旋數匝，然後穿窗而去，明知那是舞台的特技，利用鋼絲和燈光幻成飛人的景象，但是不能不令人歎賞叫絕。果然，觀眾的主體孩子們紛紛起立鼓掌，銳聲大叫，歡喜若狂。台上台下打成一片，我廁身其間，渾然忘記自己已經不是一個孩子，好像我又回到天眞無邪的兒童世界裡去了。其後幾幕，如永無鄉的小屋，如紅人與海盜的大戰，也都引人入勝。孩子們哪有不想飛的，哪有不想到荒漠野外去探險的，哪有不盼著拿槍弄棒和壞人打鬥一場的？我看完了這場戲回家，一路上心裡縈念的是潘彼得，好幾天不能忘的景象是潘彼得。那時候我不滿三十歲，已經深深感到青春不再的哀傷。潘彼得曾對著海盜胡克說：「我是青春，我是永恆！」然而，潘彼得，你離我越來越遠了！

《潘彼得》印行以後，有多少人喜歡看，我不知道。幾十年來我過的大半是喪亂流離的日子，受過不少悲歡離合的衝擊，早已忘記了這部絕版的舊譯。承九歌出版社的蔡文甫先生的厚愛，將這舊譯重版，我在校閱清樣之餘，不禁感慨係之。文黛已是皤然老媪，她的女兒名琴，琴又有女名瑪格萊特，瑪格萊特又有女叫什麼就不可考了。只有彼得永遠長不大。我呢，我有兒女，我的兒女又有兒女，兒女的兒女又有了兒女。有人說，也許離五世同堂不遠了：其實是青春把我拋得越來越遠，把我踢上了層樓。《潘彼得》最後一句是：「孩子們總是歡樂的天眞的沒有心腸的，這事總是這樣繼續下去。」確是如此，懂了世故就失去了天眞，逝者如斯，無可奈何，校罷清樣，撫今追昔，愴然淚下。

一九八七年四月記於台北

——原載一九八七年五月台北九歌出版社新版《潘彼得》

〔特載〕

海內外學者談梁實秋

他是一個淵博而通達的人

鄭騫

因為做事地點的不同，我跟梁先生以前在大陸並不來往。他在北大，我在燕大；燕大在北平城外，就好像輔仁或東吳大學在台北市郊一樣。幾十年前交通不便，我不常進城，他也少出城。我們是到台灣才熟的——他在師大，我在台大，彼此常有文字交談。

梁先生的英國文學修養不必說，中文舊學底子也好，可說是一位學貫中西的人。晚近，我們來往不多，原因是他耳朵不太好，我又疏懶。而今聽到他過世，我除了哀悼、震驚，特別要推崇他的通達、謙虛、平易近人。（陳義芝訪問整理）

・鄭騫先生，國學大師，曾任台大中文系教授。

令我心儀

夏志清

我在中學時即讀過梁實秋先生的莎翁翻譯，像《馬克白》、《如願》等。後來我在耶魯念書的時候治中國小說史，也很佩服梁先生與魯迅打筆戰的論點。在研究台灣的現代散文時，也對他的散文很佩服。

三年前，我應聯合文學巡迴文藝營之邀回國，曾去拜訪梁先生，這是我與他唯一的會晤。他送我一套他所寫的《英國文學史》，我尚未讀畢全書，但即使只是其中引用古典文學的翻譯部分，都相當了不起。（趙衛民訪問整理）

夏志清先生，名評論家，中央研究院院士。

風格與堅持

侯　健

民國三十八年梁先生在台大教「彌爾敦」，我是他的學生；三十九年我由台大畢業後留校當助教，梁先生仍在台大兼課，上課前他在系辦公室休息，我因此常有機會請教。

後來我到美國留學，博士論文是〈白璧德在中國〉。白璧德是梁先生在哈佛研究院的老師，梁先生深受白璧德的影響，所以我寫論文期間，經常以書信請教梁先生一些問題。

梁先生思想純正，立論精譬，學養豐富，是「五四」時代和三十年代很重要的代表人物。我認為他對這個時代的貢獻有五點：

第一，在教職上的多年堅持。他由民國十六年回國後，即教書一直到退休，他主持過很多大學的外文系、文學院，可說桃李滿天下。

第二，所建立的文學理論的價值。他是第一個指出新人文主義的浪漫特徵的人。他的看法一直到現在仍為西方學者所接受。

第三，在散文上樹立的個人風格。

第四，在翻譯上所下工夫。《莎士比亞全集》、《英國文學史》，每部都是了不起的成就。

第五，對國家的忠貞。他是一個國家主義者，他在美國成立「大江會」，這是一個愛國組織，也是一個反共組織，回國後他承繼白璧德和阿諾德的精神從事社會批評；抗戰期間，他擔任國民參政員，始終是國民政府的諍友。

我是梁先生的學生，但是交往並不多。我認為梁先生確是一代大師。（蘇偉貞訪問整理）

·侯健先生，文學評論家，曾任台大文學院院長。

中國大陸開始研究他的作品

白先勇

我覺得梁先生最值得欽佩的是，他有一貫的文學主張。從三十年代與魯迅打筆戰開始，他就強調文學的藝術性之重要；在文學的路上他一直沒停過，每一個階段都有貢獻。翻譯《莎士比亞全集》，推展英語教學，是了不得的成就；在中國古典文句裡加入純粹白話，則是他在散文創作上的一大建樹。

我個人對梁先生非常尊重，我相信他留下的文學遺產、文化影響，一定會得到肯定的評斷。前不久，我到中國大陸，有人特別提及，現在中國大陸已經開始研究梁先生的作品了。以前因為他與魯迅吵過架，對他很壓抑。（陳義芝訪問整理）

·白先勇先生，知名小說家。

一個時代的結束

林懷民

梁先生走了，我覺得似乎象徵一個時代的結束。當我初習寫作時，他的《雅舍小品》給了我很多啓發和學習；他所翻譯的文星版《莎士比亞全集》，使我在一個資訊比較匱乏的時代，滿足了對文藝的好奇與渴望。長大以後，更讓我覺得，梁先生對文學的執著以及在人與事中的進退，在在都給年輕輩如我樹立了一種風範和鼓勵。梁先生走了，除了讓我們感覺悲哀外，也有喪失長輩的寂寞；他走了，讓我心生警惕：後輩的現役文化工作者，該做的努力更大更多了！（陳義芝訪問整理）

・林懷民先生，雲門舞集創辦人。

〔附錄〕

梁實秋先生年表

清光緒二十八年（一九〇二、三年）　一歲

陰曆十二月初八日（一九〇三年一月六日）子時，生於北京內務部街二十號。原籍浙江錢塘縣。學名治華，字實秋，筆名秋郎、子佳等，後來專以字行。

光緒三十三年（一九〇七年）　六歲

在家識字描紅，稍後與大哥同在街口學堂上學；學堂關門後，在家與二姊大哥一同受教於賈文斌。賈先生是一名拔貢。

宣統二年（一九一〇年）　九歲

與大哥同進大鵓鴿市的陶氏學堂，是爲前清大吏陶端方所立之私校，至次年武昌起義，學校解散。

民國元年（一九一二年）　十一歲

夏，入新鮮胡同公立第三小學高小一年級。

民國四年（一九一五年）　十四歲

夏，在北京大興縣署申請入籍獲准，從此籍貫北京（後改北平）。根據北京籍貫在天津報名投考清華學校，直隸省配額五名，省長朱家寶親自主持覆試口試，以第一名獲取。

秋，入清華學校中等科一年級，是為癸亥級，同級有顧毓琇、梁思成、翟桓、王國華、王化成、徐宗涑、張忠紱、孫立人、齊學啓、吳景超、熊式一、李先聞、吳大鈞、吳文藻等九十餘人。

民國五年（一九一六年）　十五歲

秋，入清華學校中等科二年級，是年邀約吳卓、張嘉鑄等同學組織「戲墨社」，每日練習書法，凡兩年。

民國六年（一九一七年）　十六歲

秋，入清華學校中等科三年級。

民國七年（一九一八年）　十七歲

秋，入清華學校中等科四年級。

民國八年（一九一九年）　十八歲

五月四日，北京學生運動開始，清華學生罷課罷考，參與活動。

秋，補行大考，清華學校中等科畢業，升入高等科一年級。

民國九年（一九二〇年）　十九歲

七月，同學聞一多第一首新詩〈西岸〉在《清華周刊》發表。

民國十年（一九二一年）　二十歲

三月，與同學顧毓琇、張忠紱、翟桓等組織「小說研究社」，編譯了一本短篇小說作法，先生從事新詩創作，約從這時開始。

十一月二十日，清華文學社成立，聞一多、時昭瀛。王繩祖、朱湘（子沅）、翟桓、張忠紱、孫大雨、謝文炳、楊子惠及先生等均加入。清華文學社曾邀請周作人、徐志摩等到校演講。

本年上半年，經由朋友提親，對象爲當時在北京女高師畢業的程季淑（安徽績溪人，清光緒二十七年生）。

民國十一年（一九二二年）　二十一歲

三月，俞平伯的《冬夜》和康白情的《草兒》新詩集出版。這時，先生與聞一多都大量的寫白話詩，朝夕觀摩，並對幾部詩集有些意見，聞一多寫一長文〈冬夜評論〉，無處發表，暑假先生決定另寫〈草兒評論〉，合爲《冬夜草兒評論》，自行刊印。稍早，先生曾爲文批評俞平伯的「詩的進化的還原論」。

六月，聞一多畢業離開清華，七月十六日搭船赴美，在出國前已決定把《紅燭》全稿託交先生編訂，在國內出版。

夏，撰敘事體長篇〈尾生之死〉，稍早完成的是情詩〈落英〉、〈春天底圖畫〉。

十月十九日，寫新詩〈答一多〉；與聞一多的〈寄懷實秋〉，及自己較早的創作〈荷花池畔〉、〈懷——〉、〈答贈絲帕的女郎〉、〈贈——〉，一同在《創造季刊》一卷四期發表，因爲本年入夏後詩作豐富，至此已有出版《荷花池畔》集的計畫。

十一月，與聞一多合著的《冬夜草兒評論》出版，是爲清華文學社叢書第一種。

民國十二年（一九二三年）　二十二歲

春，辭《清華周刊》的文藝編輯，另出版《文藝匯刊》。

七月二十九日，評冰心的「〈繁星〉與〈春水〉」在《創造周報》第十二號發表，指出冰心的這兩集詩，在質上比她自己的小說遜色甚多，因爲她表現力強而想像力弱，散文優而韻文技術拙，理智富而情感分子薄（十年後冰心自認〈繁星〉、〈春水〉不是詩——《冰心著作集》自序）。

八月初，離北京赴上海，寫〈苦雨淒風〉一文，所記皆事實（刊於《創造周報》第十五號）；十七日，清華癸亥級全班六十七人在上海登傑克遜總統號赴美；行前曾與郁達夫、郭沫若、成仿吾會晤，郭等邀請先生加入創造社。

舟次，邂逅文藝同好許地山（落華生）、謝冰心等，共同出壁報張貼艙口，三日一刊，取名「海嘯」，後來選取落華生、冰心，及先生的十四篇文字，交《小說月報》，在第十四卷第十一號發表；先生提供的詩是〈海嘯〉、〈海鳥〉、〈夢〉，及譯詩〈約翰我對不起你〉、〈你說你愛〉共五篇。

九月一日，到達美國西雅圖。

十月二十日，著手譯喬塞的序詩（Chaucer's "Prologue"）。

十一月十日，「海嘯」專輯在《小說月報》十四卷十一期發表，後由商務印書館印入小說月報叢刊。

民國十三年（一九二四年）　二十三歲

夏，在科大英文系畢業，得教務長Hershey之特別推薦，獲准進入哈佛大學研究所。

秋，在哈佛大學選修五課：Kittredge之莎士比亞，Babbitt之文學批評，Webster之培根及米爾頓，Messinger之拉丁文西塞祿，Murdoch之美國早期文學批評。所受影響最大者爲白璧德之人文主義的思想，自認一生爲人作學之基本態度，以此爲轉捩點。

民國十四年（一九二五年） 二十四歲

三月二十八日，於波士頓藝術劇院公演「琵琶記」，顧一樵編導，先生譯成英文，並飾演蔡中郎，其他演員有謝文秋、謝冰心、王國秀、沈宗濂、徐宗涑等，聞一多負責布景、服裝、化裝，趙太侔負責舞台設計和燈光。

秋，轉入紐約哥倫比亞大學，住國際學舍，英語系研究所課程稀鬆。

民國十五年（一九二六年） 二十五歲

夏，因與程季淑有約，三年必返，遂放棄尚餘兩年之公費，於七月搭麥金萊總統號自美返國。

八月底，赴南京東南大學開始授課，租住大學對面蓁巷四號，左鄰張景鉞，右鄰余上沅，授課以英國文學史爲主。

民國十六年（一九二七年） 二十六歲

二月十一日，在北京歐美同學會與程季淑行結婚禮。

春，胡適、徐志摩、潘光旦、聞一多、饒子離等在上海籌設新月書店，由胡適任董事長，余上沅任經理，先生任總編輯。書店初設環龍路環龍別墅四號，後遷望平街，最後遷至四馬路中市九十五號。

六月，《浪漫的與古典的》在新月書店出版。

秋，由龔業雅堂兄業光的引介，在暨南大學任教授，講授「文藝批評」等課程。

在上海的三年，兼課的學校包括復旦大學、中國公學、光華大學、勞動大學和知行學院。

十月，魯迅辭去中山大學職務後由廣州到達上海，年底寫〈盧梭和胃口〉及〈文學和出汗〉等雜文，向先生挑釁。先生與左聯作家之文學論爭，因次年《新月》雜誌之出版，更趨激烈。

十二月，長女文茜生。

本年，經常以秋郎的筆名，在時事新報副刊發表每篇千餘字的小品，部分彙成《罵人的藝術》，在新月書店出版，暢銷一時。

民國十七年（一九二八年）　二十七歲

三月，《文學的紀律》在新月書店出版。

十月，發表〈論散文〉（《新月月刊》一卷八號）

本年出版中文翻譯《幸福的僞善者》、《阿伯拉與哀綠綺思的情書》。

民國十八年（一九二九年）　二十八歲

出版中文譯本《潘彼得》；又編纂《白璧德與人文主義》（選輯吳宓等譯的白璧德的論著，弁以長序）。

民國十九年（一九三〇年）　二十九歲

四月，子文騏生。

夏，應楊振聲之邀，受聘國立青島大學，爲外文系主任兼圖書館長。

十二月二十三日，胡適因任事於中華教育文化基金會的翻譯委員會，向先生正式提出翻譯莎士比亞全集的計畫，斥款五萬元，聘聞一多、徐志摩、葉公超、陳源及先生擔任翻譯，期以五年完成之。

本年，與胡適、羅隆基合著的《人權論集》出版。

民國二十年（一九三一年）　三十歲

冬春之間，撰寫〈所謂「文藝政策」者〉、〈文學的嚴重性〉等，發表於《新月》三卷三期四期，與左聯作家論爭，至此告一段落。

本年出版中譯《西塞羅文錄》（商務萬有文庫）。

民國二十一年（一九三二年）　三十一歲

本年，出版中文譯本《織工馬南傳》；從下半年起，經常爲《圖書評論》（國立編譯館刊行，劉英士主編）撰稿，所撰稿件及評論的出版物包括《伊爾文見聞雜記》、《哈孟雷特》（田漢譯）、《莎士比亞書目》（**Jaggard**等著）、《拜金藝術》（辛克萊著）、《科學時代中之文學心理》、《失樂園》（傅東華譯）、《關於翻譯失樂園》等。任《新月》編輯時，曾介紹和評論《西線無戰事》（洪琛馬彥祥合譯）、《唯物史論的文學論》、《英國文學史》、《歌德與中國小說》等。在《益世報》文學周刊，曾發表《歌德之認識》（宗白華、周冰若編）等書評。

民國二十二年（一九三三年）　三十二歲

二月，女文薔生。

民國二十三年（一九三四年）　三十三歲

秋，應胡適之邀任北京大學外文系研究教授兼外文系主任，同事有朱光潛、蒯叔平、楊丙辰、周作人、潘家洵、張穀若、梁遇春等。

本年出版《約翰孫》（商務印書館出版）、《偏見集》（正中書局出版）、《文藝批評論》（中華書局出版），另編註大學教材《英詩選讀》。

民國二十四年（一九三五年）　三十四歲

秋，創辦《自由評論》周刊，鼓吹愛國提倡民主，文藝部分撰稿人員包括謝冰心、周作人、李長之等。刊物共出四十七期，次年十月停刊。

民國二十五年（一九三六年）　三十五歲

本年起，商務印書館發行先生所譯莎士比亞戲劇八種：哈姆雷特、馬克白、李爾王、奧賽羅、威尼斯商人、如願、暴風雨、第十二夜。

民國二十六年（一九三七年）　三十六歲

南京國立戲劇學校第一屆畢業生公演先生翻譯之〈威尼斯商人〉，專程從北京往南京觀賞。

民國二十七年（一九三八年）　三十七歲

九月，搭國民參政會專輪赴重慶。應張道藩（教育部次長）之邀，任教育部特約編輯兼教科用書編輯委員會常務委員、中小學教科書組主任（副主任李清悚），主編中小學國文、歷史、地理、公民四科教科書，以應戰時需要。

十二月一日，接編重慶《中央日報》副刊「平明」，在「編者的話」裏提出「於抗戰有關的材料，我們最爲歡迎，但是與抗戰無關的材料，只要眞實流暢，也是好的。」左翼文人羅蓀、張天翼、郭沫若、宋之的、姚蓬子等前後展開攻擊，或謂先生「需要的是與抗戰無關的材料」，或謂先生「勸人家寫無關抗戰的東西」，或謂「一二文學教員們卻要高喊『與抗戰無關』」。

本年長沙商務印書館再版發行《文學的紀律》。

民國二十八年（一九三九年）　三十八歲

秋，與業雅合資購置平房一幢，六間，衡門之下可以棲遲。名之爲「雅舍」。

民國二十九年（一九四〇年）　三十九歲

應劉英士《星期評論》邀寫專欄，每期兩千字，名之曰「雅舍小品」，署名子佳。引起不少反應。

民國三十一年（一九四二年）　四十一歲

五月二十三日，毛澤東在延安文藝座談會上，特別指出「梁實秋這一類人，他們雖然在口頭上提出什麼文藝是超階級的，但是他們在實際上是主張資產階級的文藝，反對無產階級的文藝的。」

十月二十日，發表「關於『文藝政策』」（《「文化先鋒》一卷八期）

本年翻譯完《咆哮山莊》，勝利後由商務印書館送往江西出版。

民國三十二年（一九四三年）　四十二歲

本年起，兼任國立社會教育學院教授，講授西洋戲劇史。

民國三十三年（一九四四年）　四十三歲

所譯《吉爾菲先生之情史》，交謝冰瑩之黃河書局出版。

民國三十五年（一九四六年）　四十五歲

八月，任北京師範大學英語系教授。在家與父母相聚才一個月，即丁父憂。

民國三十六年（一九四七年）　四十六歲

本年起，為天津《益世報》編「星期小品」，每星期六出版。

民國三十八年（一九四九年）　四十八歲

六月底偕夫人與文薔乘華聯輪抵達台灣，到台北後，借寓中山北路德惠街一號林挺生所有之平房一幢。

夏，應邀為台灣省立師範學院英語系專任教授並兼系主任（院長劉眞）。

十一月，《雅舍小品》初版（正中書局）。

本年**W.B. Pettus**把〈罵人的藝術〉一文譯為英文，在舊金山出版。

民國四十年（一九五一年）　五十歲

本年出版中譯《蘇俄的強迫勞工》（正中書局）。

民國四十二年（一九五三年）　五十二歲

出版中譯《法國共產黨眞相》，再版《吉爾菲先生的情史》（正中書局）。

民國四十三年（一九五四年）　五十三歲

出版中譯《莎士比亞的戲劇故事》（明華出版社），與張芳杰合著《美國是怎樣的一個國家》（國立編譯館），與傅一勤合譯《現代戲劇》（中華文化出版會）。

民國四十四年（一九五五年）　五十四歲

六月五日，師院改制爲師範大學，劉眞校長敦聘先生爲文學院長。英語系主任旋請翟桓擔任。

本年出版中譯本《咆哮山莊》（商務印書館），英譯丁星五主編之《錦繡河山》畫冊（香港國際出版社）。

民國四十五年（一九五六年）　五十五歲

本年出版中譯《百獸圖》（正中書局）。

民國四十六年（一九五七年）　五十六歲

出版中譯《亨利四世上篇》（明華出版社）。

民國四十七年（一九五八年）　五十七歲

出版《談徐志摩》（遠東圖書公司）、《實秋自選集》（勝利書局），中譯《冬天的故事》（明華出版社）、《威尼斯商人》（協志出版社）。

民國四十八年（一九五九年）　五十八歲

是年夫人患匐行疹，稍後先生發現患糖尿症。

本年出版《實秋自選集》（神州出版社），中譯《沈思錄》（協志出版社）。

民國四十九年（一九六〇年）　五十九歲

出版中英文本《雅舍小品》（時昭瀛英譯，遠東圖書公司），英譯丁星五主編之《寶島台灣》畫集（香港國際出版社）。

民國五十年（一九六一年）　六十歲

新陸書局出版《梁實秋選集》。

民國五十一年（一九六二年）　六十一歲

本年出版《清華八年》（重光出版社，發行人陳紀瀅）。

民國五十二年（一九六三年）　六十二歲

本年出版《秋室雜文》（文星書店）。

民國五十三年（甲辰，一九六四年）　六十三歲

本年文星書店出版《文學因緣》，重刊《偏見集》，以及莎士比亞戲劇二十冊。

民國五十四年（一九六五年）　六十四歲

本年三月，把《浪漫的與古典的》及《文學的紀律》兩舊作重加整理，刪去《文學的紀律》一書的大半部，把兩本書合併，仍用原有書名《浪漫的與古典的》交文星書店出版。

民國五十五年（一九六六年）　六十五歲

八月一日，申請自師大退休奉准。在師大服務達十七年，在教育界服務滿四十年。

九月，國立編譯館出版先生主編的《莎士比亞誕辰四百周年紀念集》（內有先生專文三篇譯文兩篇）；冬，寫完《談聞一多》，交傳記文學社出版。

民國五十六年（一九六七年）　六十六歲

八月六日，「中國文藝學會」「中國語文學會」「中國青年寫作協會」「台灣省婦女寫作協會」聯合發起莎士比亞戲劇翻譯出版慶祝會，假座台北自由之家，到約三百人，主其事者爲張道藩、劉眞、趙友培、王藍。致詞者有嚴副總統家淦、沈剛伯等。正好本年爲先生結婚四十周年，謝冰瑩致詞特別推崇夫人程季淑內助之賢。

關於莎士比亞之翻譯，在大陸完成十劇，來台後至五十三年陸續譯十劇，連前二十劇由文星出版，近三年又譯十七劇，全部三十七劇由遠東出版。此後一年補譯莎士比亞詩三卷（維諾斯與阿都尼斯、露克利斯、十四行詩），於次年十月出版，全集四十冊終告完成，前後持續三十八年。

民國五十八年（一九六九年）　六十八歲

十月，把回憶錄體的一些中短篇彙集成冊，名之為《秋室雜憶》，由傳記文學社出版。

本年與蔣復璁共同主編《徐志摩全集》共六卷（傳記文學社出版）。

民國五十九年（一九七〇年）　六十九歲

本年出版《略談中西文化》（進學書局），《實秋雜文》（仙人掌出版社）。

民國六十年（一九七一年）　七十歲

本年出版《實秋文存》（藍燈出版社）、《雅舍小品》（香港文藝書屋）。

民國六十一年（一九七二年）　七十一歲

本年出版《西雅圖雜記》（遠東圖書公司）。

民國六十二年（一九七三年）　七十二歲

九月，《看雲集》寫完自序，交葉珊出版。

十月，《雅舍小品續集》出版（正中書局；明年文藝書屋發行香港版）。

「英國文學史」之寫作，已籌畫經年，至是年開始認眞撰寫。

民國六十三年（一九七四年）　七十三歲

四月，《看雲集》出版（志文出版社）

四月三十日，夫人意外受傷不治，享壽七十四歲。五月四日葬於西雅圖之槐園。

八月二十九日，「槐園夢憶」寫完寄遠東圖書公司。

民國六十四年（一九七五年）　七十四歲

五月，《梁實秋自選集》出版（黎明文化公司）。

民國六十七年（一九七八年）　七十七歲

九月一日《梁實秋論文學》出版，十月三十一日《梁實秋札記》出版（時報出版公司）。又，香港文學研究社出版《梁實秋選集》。

民國六十八年（一九七九年）　七十八歲

六月十七日，寫完〈英國文學史〉，約一百萬字，〈英國文學選〉約一百二十萬字（前後歷時七年）。

八月十八日，協志工業叢書出版公司決定收購〈英國文學史〉〈英國文學選〉兩稿。

民國六十九年（一九八〇年）　七十九歲

一月，《白貓王子及其他》出版（九歌出版社）。

七月，在巴黎討論中國抗戰文藝的國際會議上，仍在探討左翼文人當年加諸於先生之「抗戰無關論」。

民國七十年（一九八一年）　八十歲

二月，〈英國文學史〉三卷校稿完畢，十一日寫序。

民國七十一年（一九八二年）　八十一歲

五月四日，獲台灣省文藝作家協會資深優良文藝工作者榮譽獎。

八月，《雅舍小品》三集出版（正中書局）。

民國七十二年（一九八三年）　八十二歲

三月，《雅舍雜文》出版（正中書局），五月二十六日，遠景公司重印《咆哮山莊》出版，先生補寫了長序。

八月一日，《莎士比亞》出版（時報公司）。

十二月，《英國文學選》三卷校稿完畢，十七日寫序。

民國七十三年（一九八四年）　八十三歲

五月七日，獲國家文藝貢獻獎。

八月，《看雲集》出版（皇冠出版社；與一九七四年同名出版物內容不同）。

民國七十四年（一九八五年）　八十四歲

一月，《雅舍談吃》出版（九歌出版社）。

六月，《雅舍散文》第一集出版（九歌出版社），預定陸續出版四集。夏，公子文騏經美來台與先生團聚，在中央研究院任研究工作。

八月，《英國文學史》及《英國文學選》出版。

民國七十五年（一九八六年）　八十五歲

五月《雅舍小品》四集出版。

十一月二十九日獲《中國時報》文學特別貢獻獎。

民國七十六年（一九八七年）　八十六歲

一月，重新出版民國十七年舊譯《阿伯拉與哀綠綺思的情書》（九歌出版社）。

五月，重新出版民國十八年舊譯《潘彼得》（九歌出版社）。七月，出版《雅舍散文》二集（九歌出版社）。

十一月一日晚，先生突感心臟不適，由家人急送中心診所就醫。二月病情轉劇，三日晨八時二十分與世長辭。

爲遵先生生前遺書：「治喪之事，一切從簡。」不組治喪委員會、不發訃聞、不登報、不收奠儀，不舉行任何宗教儀式。先生之家屬及親友於十八日下午一時至二時，在台北市第一殯儀館福壽廳，舉行簡單隆重之喪禮，公祭後隨即發引；安葬於淡水北海墓園。

遠東圖書公司十八日宣布成立「梁實秋獎學金委員會」，請劉眞爲主任委員。《中華日報》也決定舉辦「梁實秋文學獎」，以永久紀念五四以來我國在文藝與學術方面這一位最具代表性的歷史人物。至九十六年十一月，已舉辦二十屆。

民國七十七年（一九八八年）

余光中編《秋之頌——梁實秋先生紀念文集》，由九歌出版社出版，並於一月二十六日，余光中與文藝界好友將本書焚祭先生。

民國八十五年（一九九六年）

五月，現代文學史料專家陳子善蒐集梁先生一九二二至一九二五年散佚的珍貴作品，按發表時間編排並註明出處，編成《雅舍小說與詩》一書，由九歌出版社出版。

六月《雅舍尺牘——梁實秋書札眞跡》出版，由余光中、瘂弦、陳秀英合編，眞跡與排版對照印刷，收有寫給劉英士、孫伏園等海內外二十五位名家信函。

民國八十六年（一九九七年）

十一月，陳子善多方尋找一九二八～一九四八年間，梁先生以不同筆名發表，未成結集的散文小品四十篇，編成《雅舍小品補遺》一書，由九歌出版社出版。

民國九十一年（二〇〇二年）

十二月，梁先生百年誕辰，國立台灣師範大學與九歌文教基金會合辦，邀請海內外學者參予，舉辦「梁實秋作品研討會」，爲期二天，並結集研討會論文集《春華秋實》，同時，陳子善蒐集梁先生自一九二二年至晚年發表之文學評論、文藝談話，編爲《雅舍談書》一書，由九歌出版社出版，爲現代文學史補白。

又：本文參閱胡百華先生撰寫〈梁實秋先生簡譜初稿〉一文。

名家名著選 27

雅舍文選

著者	梁實秋
創辦人	蔡文甫
發行人	蔡澤玉
出版發行	九歌出版社有限公司
	臺北市105八德路3段12巷57弄40號
	電話／02-25776564・傳真／02-25789205
	郵政劃撥／0112295-1
九歌文學網	www.chiuko.com.tw
印刷	晨捷印製股份有限公司
法律顧問	龍躍天律師・蕭雄淋律師・董安丹律師
初版	2008年1月10日
增訂新版	2015年4月
新版3印	2021年12月
定價	300元

書號	0107027
ISBN	978-957-444-993-4

（缺頁、破損或裝訂錯誤，請寄回本公司更換）

國家圖書館出版品預行編目資料

雅舍文選 / 梁實秋著. – 增訂新版. --
臺北市：九歌, 民104.04

面； 公分. -- (名家名著選 ; 27)

ISBN 978-957-444-993-4(平裝)

855 104003546